KB021513

문학과지성 시인선 461

햇빛

박지혜 시집

문학과지성사

문학과지성 시인선 461
햇빛

초판 1쇄 발행 2014년 11월 3일
초판 4쇄 발행 2023년 4월 26일

지 은 이 박지혜
펴 낸 이 이광호
펴 낸 곳 ㈜문학과지성사

등록번호 제1993-000098호
주 소 04034 서울 마포구 잔다리로7길 18(서교동 377-20)
전 화 02)338-7224
팩 스 02)323-4180(편집) 02)338-7221(영업)
전자우편 moonji@moonji.com
홈페이지 www.moonji.com

ISBN 978-89-320-2672-5 03810

지은이는 2013년 서울문화재단 예술창작지원금을 수혜했습니다.

문학과지성 시인선 461

햇빛

박지혜

2014

시인의 말

환한 숲으로 들어간다.

2014년 11월
박지혜

햇빛

차례

준규에게

시작

무슨 말부터 시작할까 햇빛부터 시작하는 게 좋겠다고 했다 질경이가 좋겠다고 했다 투명한 유리병이 더 낫겠다고 했다 하얀 말을 따라가고 싶다고 했다 그냥 노래를 부를까 노래를 부르느니 물로 들어가겠다며 발끝을 바라본다 몽환적이라는 말을 좋아하느냐며 의자에서 일어났다 모든 말에 속고 있다고 했다 차라리 일요일의 햇빛을 생각하겠다고 했다 무심한 지렁이를 생각하겠다고 했다 가벼움에 대한 얘기를 다시 하고 싶다면서 울먹였다 가볍고 빛나게 떨어지고 있는 고독을 본 적이 있다고 했다 텅 빈 모음만을 발음하는 사람들에 대한 얘기가 잊히지 않는다고 했다 그들은 그들만 사는 섬에서 나오지 않았다 흐린 눈빛의 그들은 언덕을 그리거나 나무를 심거나 물고기를 불렀다 물빛을 닮은 눈빛은 항상 먼 곳에 있었기 때문에 굳이 다른 곳을 말하지 않는 것 같다고 했다 그들을 따라가고 싶기도 하다며 희미하게 웃었다 더 웃거나 웃지 않는 방법에 대해 생각 중이라고 했다 너는 담배를 입에 물고 나는 스타킹을 끌어올리며 다리를 뻗었다 쉬지 말고 계속 얘기를 하자고 했다 어제는 모순을 끌고 가는 아름다운 너를 보았지 오늘은 태양을 한없이 바라볼 거야 무언가 오래 바라보는 일은 자랑할 일이라고 모든 건 사랑 때문이라고 설명 없이 우겼다 비밀의 풀을 본 일이 있니 비밀의 풀이라는 표현이 싫다고 했다 소용돌이치는 물로 들어가는 여자를 따라간 일이 있니 지금은 그런 얘기를 하고 싶지 않다고 했다 불안해도 괜찮다는 목소리가 들려왔다 이제 북극에 가는 건 어떻겠느냐고 들뜬 아이처럼 말했다 털이 많은 동물을 상상하자고 했다 북극의 하지의 환한 밤을 상상하자고 했다 그런 건 혼자 하라며 문을 열었다 그럼 해 넘어가는 하늘은 어떨까 물었다 서로가 닮아 있었다 드디어 그를 만나러 가야겠다고 했다 이제부터 입을 열지 않아도 좋다고 했다

아마

자지 않았다 꿈을 꾸었다 입술을 빨았다 생각하지 않는 방법에 대해 생각했다 죽은 그와 어떻게 말하면 좋을지 생각했다 보지 않고는 견딜 수 없다고 말했다 견딜 수 없는 일을 견디는 일을 생각했다 푸른꽃을 먹을 수 있을까 생각했다 오로라 푸른 빙하 일각돌고래 아가미 씨앗 영구동토층 여전히 이름만 생각했다 이것들을 발음하는 일은 마음에 들었다 생각하지 않는 방법에 대한 생각을 멈추지 않았다 점점 다른 세상으로 가고 있는 늙은 남자의 말을 기록해놓아야 한다고 생각했다 그들은 그들처럼 생각하지 않는 것은 위험하다고 말했다 자지 않았다 꿈을 꾸었다 입술을 빨았다 생각을 없애기 위해 더 생각해야 한다고 말했다

얼룩을 말하는 시간

죽은 사람이 외롭다고 말하며 다가왔다
회전목마와 메리고라운드 중 무엇이 마음에 드는지 물었다
이제 우린 동물원에 가야 한다고 대답할 뿐이다
동물원에 가는 건 생각이 없어지는 일처럼 불가능할지도 모른다
불가능한 것에 대한 생각은 끝없이 이어졌다
햇빛심장 햇빛심장 햇빛심장
떠오르는 대로 말하고 싶기도 했다
그것은 가끔 완벽한 일처럼 느껴졌다
우리는 우리 안으로 들어가지 못하고 망설였다
코끼리 코 코끼리 코 코끼리 코
낡은 서랍을 뒤지며 걸어갔다
절룩거리는 말처럼 말들은 절룩거렸다
이렇게 말하고 있는 순간을 지속시키고 싶었다
우리는 우리 안으로 들어가보기로 했다
지금은 아마 얼룩을 말하는 시간
얼룩말을 보여주고 싶은데 그는 보이지 않는다

죽은 사람 얼룩 얼룩을 말하며 다시 나타나고
이제 우린 동물원에 가야 한다고 대답할 뿐이다

얼룩

말하지 않았다 말하지 않는 게 대단한 일이라고 생각하진 않았다 단지 생각이 없어지길 바랐는데 아직 그런 일은 일어나지 않았다 이제는 동물원에 가야 한다고 말했지만 아무도 언제 갈지 얘기하지 않았다 기린 낙타 늑대 사슴 얼룩말 코끼리를 상상하지 않았다 오늘은 상상력을 사용하고 싶지 않았다 어느 순간에도 새로운 질서가 생기지 않았다 취한 담장을 넘어 달리며 녹아내리는 해를 보고 싶었지만 그런 일은 일어나지 않았다 얼룩진 눈을 핥고 다음에 무엇을 할지 정하지 않았다 아무도 지극한 사랑을 얘기하지 않았다 아무런 약속도 지켜지지 않았다 무너지는 얼음은 더는 얼음을 낳지 않았다 북극곰 비단뱀 사막여우 펭귄 호랑이 홍학을 상상하지 않았다 아직도 상상력을 사용하고 싶지 않았다 섣부르게 질서를 말하지 않았다 말하지 않을 때마다 무언가를 기다리진 않았다 둘 중 하나를 선택하지 않았다 그것의 할 일은 사라진 그림자를 따라가는 일이었고 끝없이 반복하는 일이었기 때문에 지루하지 않았다 그건 제법 괜찮은 일로 여겨졌지만 그럴수록 생각이 많아져서 좋지 않았다 너의 목소리는 들리지 않았다 죽은 사람을 기다리며 울지 않았다 단순한 실내를 그린 그림 속으로 들어가고 싶었는데 그런 일은 일어나지 않았다 텅 빈 동물원에서 회문을 짓는 대신 고유명사의 나열을 멈추고 싶지 않았다 떨리는 잠자리의 날개와 묘한 제라늄 향기를 어떻게 말할지 생각을 멈추지 않았다 생각이 사라지는 건 어려운 일이라서 어떻게 해야 하는지 알려지지 않았다 한 번도 해본 적 없는 말이 실패를 향하고 있다는 너에게 한 번도 해본 적 없는 말의 존재를 증명해 달라고 하지 않았다 이제부터 진짜 생각할 게 생겼으니 심심하지 않았다 얼룩은 얼룩을 지우며 얼룩을 드러내고 있었고 아직 아무 일도 일어나지 않았다

진분홍 산딸기

하얀 에이프런을 두른 여자가 산딸기가 필요하다고 말했다 창백한 납빛 얼굴 하얀 에이프런 여자가 왜 이 집에 들어와 있는지 알 수 없지만 맛있는 잼을 만들기 위해서는 싱싱한 산딸기가 좋아 진분홍 산딸기 아이들은 납빛의 여자가 이상했지만 납빛이란 말이 마음에 들었다 납빛을 소리 내보면 작약을 발음할 때처럼 흐릿해진다 흐릿하게 빛나는 것을 따라 진분홍 산딸기 진분홍 산딸기 뜻 없는 뜻처럼 진분홍 산딸기 진분홍 산딸기 아이들은 심심한 바구니를 들고 숲 속으로 들어간다

부서지는 햇빛을 바라보는 눈을 만나면 안녕 물비늘 같은 햇빛 자리는 망각 그것은 진분홍 산딸기만큼 좋지 그것이 왜 진분홍 산딸기만큼 좋은지는 알 수 없지만 진분홍 산딸기 진분홍 산딸기 아이들은 뜻 모를 주문처럼 반복하며 설명 없이 말하고 싶었다 이곳에는 아직 진분홍 산딸기가 보이지 않지만 끔찍하게 눈부신 것을 만나면 모든 것을 잊을 수 있

을 텐데 납빛의 여자쯤은 단번에 잊을 수 있을 텐데 아이들은 모든 것을 잊은 채 진분홍 산딸기 진분홍 산딸기 걸어가고 싶었다 빛이 이동한다 누군가 걸어 온다 흔들리는 눈빛 없었던 곳으로 들어간다

핑크문

핑크문은 분홍문이거나 분홍달이거나 무엇이지 그렇다고 분홍문이나 분홍달이 핑크문이 되는 건 아니야 외로운 핑크문은 입이 사라져 말을 하지 못하고 도무지 끝날 것 같지 않은 시간을 떠돌고 영원이란 이런 것일까 생각했다 영원에 대해서는 흰빛 속으로 들어간 그림자에게 물어보면 된다 영원과 흰빛에 고유한 감각을 가진 핑크문은 누군가 영원을 물어봐주기를 흥분하며 기다리고 있었다 내일은 흥분한 분홍문이 되어야지 흥분한 분홍문 흥분한 분홍문 흥분한 분홍문의 결정체가 되어야지 모레는 모래언덕으로 올라간 차분한 분홍달이 될 거야 차분한 분홍달 차분한 분홍달 차분한 분홍달의 결정체가 되어야지 핑크문은 고통 속에서 끝없이 자신을 드러냈지만 늘 오해받고 있었다 결정체니까 결정체답게 오해받고 있었다 입이 사라진 핑크문은 그래도 핑크문의 결정체가 되어 잊히지 않는 흰빛을 부르고 얼어붙은 구름을 부르고 봄밤에 젖는 봄비를 부르고 앓는 눈동자 눈길을 따라 침묵으로 들어가는 너

를 부르고 입이 사라졌지만 계속해서 열 손가락 줄
을 끼워 인형극을 시작하는 너를 부르고 문을 열면
다시 문이 되는 너를 부르고 창백한 뒤통수 뒤로 가
는 너를 부르고 황금선인장을 들고 있는 너를 부르
며 끝날 것 같지 않은 시간을 떠돌았다 그것을 핑크
문이라고 부르는 것이 이상했지만 핑크 핑크 핑크문
텅 빈 그를 따라가고 있었다

황금선인장

그것을 숲이라 부르겠다 숲이라 부르는 것이 마음에 들지는 않지만 이제부터 그것은 숲이 된다 그것을 초록 고아의 모래성 혹은 일요일이라고 부르는 그녀에게 숲이라고 부르기로 한 숲을 보여주고 싶었다 입구는 닫혔거나 보이지 않는다 보이는 것이 전부는 아니다라는 말은 놀란 토끼가 책상을 끌고 간다 혹은 벌거벗은 입술이 움직인다라는 말처럼 놀랍다 그녀는 그것을 다자이의 술잔 혹은 울퉁불퉁 각설탕 나의 브라운이라고 불렀다 숲으로 들어가는 길이 항상 보이는 건 아니다 그것을 보기 위해서는 잊힌 기억과 눈먼 눈이 필요하다 그것을 숲이라고 부르는 것이 특별한 의미가 있는 건 아니었지만 숲으로 들어가는 일은 그녀를 완성해가는 듯 보였다 잊힌 기억은 얼어가는 채 냉기 속에 서 있다 눈먼 눈은 그것을 보고 있다

황금선인장

눈을 감은 태양이 밤새 떠돌았다

천 개의 갈기를 가진 검은 태양이
몸속 가득 푸른꽃을 안고 있다

언덕만 한 아이가 언덕으로 올라간다
언덕만 한 아이가 하얀 잠에서 일어나 간다

하얀 잠의 뒷면에는 얼어가는 기억

눈을 감은 태양이 떨어진다

열 손가락 줄을 끼워 인형극을 시작한다

센티멘털왕

플라스틱 왕관을 쓰고 초록 실크 스타킹을 신은 왕이 될 거야 플라스틱 왕관과 초록 실크 스타킹은 센티멘털왕의 상징 오래전 아버지는 왕이었다는데 꽃을 꺾어다 주세요 꽃을 절벽에만 피는 푸른꽃을 꺾어다 주세요 왕은 오늘 아무 명령도 내리지 않는다 그는 언젠가 화석처럼 혀가 굳을 거라는 저주를 받았다 축복도 있었지만 아무도 기억하지 못했다 낮에는 빨강과 하양을 섞어 해를 그리고 밤에는 지금 여기 있는 사람을 기록한다 어제는 센티멘털왕답게 불면의 밤을 확장했다고 자랑했지만 아무도 알아듣지 못했다 앞으로는 좀더 신중해져야지 오늘은 비에 젖는 담배 연기를 얘기할까 아니 비에 젖는 숲에 대해 얘기할까 그런 얘기라면 얼마든지 할 수 있을 텐데 수시로 자랑을 하는 건 좋지 않지만 자랑은 왕의 특기 우울은 왕의 비밀 그는 오래된 저주를 풀지 못하고 가시덤불로 짠 망토가 없어도 찔레 덤불 향기에 취해 궁정을 잊은 왕이 될 거야 텅 빈 시선은 허공으로 들어가고 있었다 그때와 지금 방향 없이 흐르는 시간은 달아나고 달아나는 것을 붙잡지 못하는 왕은 이제부터 아무것도 묻지 않겠다 이렇게 즐거운 결심을 가져본 적이 없다 센티멘털왕은 감각만 분명해지다가 그대로 죽을 것이다 이렇게 즐거운 말을 해본 적이 없다 수시로 과장을 하는 건 좋지 않지만 과장은 왕의 특기 침잠은 왕의 비밀 그는 혀가 굳어가고 축복을 기억해내지 못해도 매일 밤 회선곡을 쓰는 왕이 될 거야 오래전 아버지는 왕이었다는데 꽃을 꺾어다 주세요 꽃을 절벽의 푸른꽃을 꺾어다 주세요 왕은 오늘 아무 명령도 내리지 않는다 축복도 없이 나팔 소리도 없이 숲으로 들어가는 건 위험하지만 끝나지 않는 이야기 푸른꽃을 찾아 숲으로 들어간다

사냥철

트위드 모자를 쓰고 트위드 사냥 모자를 쓰고 사슴 가죽 장갑을 낀 이름 없는 나는 검은 말 하얀 말 푸른 말을 타고 뿔피리를 불 그림자와 세상에서 가장 지루한 이야기를 들려줄 광대와 사냥을 떠난다 오늘의 사냥감은 노루 사슴 산토끼 멧새 그리고 짐승의 눈알 짐승의 혀 뜨거운 피를 가진 짐승들이라면 무엇이든 사냥의 대상이 되지 왠지 이 말은 내가 하는 말 같지 않았지만 언제나 말은 내가 아니었기 때문에 아무 말이나 할 수 있거나 할 수 없었다 사냥철이 시작되면 이름 없는 나는 짐승의 가죽을 벗기는 대신 짐승의 기억의 뒷면으로 그림자 베일을 쓰고 걸어갔다 언젠가 있었을 이름을 잊고 언제든 가질 수 있는 이름을 잊고 걸어갔다 이것은 은밀한 소문이 되었다 소문은 읽을 수 없는 밀서처럼 바람을 타고 이동했다 사냥철이 시작되면 이름 없는 나는 짐승의 몸에 꽂히는 화살처럼 추방된 광대의 이야기처럼 깊이를 알 수 없는 곳을 향해 들어갔다 그것은 네가 시작하는 이야기였는지 모른다 푸른꽃 향

기가 펴진다 끝이 알려지지 않은 사냥철이 지속되는
동안 그늘이 얼어붙는 곳으로 뿔피리를 부는 그림자
를 따라 그림자로 들어가고 있었다

고래잠

푸른 바다 깊은 곳에서 햇빛구멍의 일렁이는 흰빛 흰빛을 보았지 흰빛을 지나 어딘가 고래만 다니는 길이 있었지 그 길을 따라가면 물은 사라지고 환한 덩굴 문이 나왔어 회전하는 덩굴 문 고래 울음 같은 북소리가 들려오고 어느새 안으로 들어가고 있었지

저기 초록 땅 초록 그늘 마호가니 테이블이 놓여 있고 그곳에서는 이름 같은 건 부르지 않지 누구도 그런 건 신경 쓰지 않아 거기 처음 보는 태양 처음 보는 네가 있고 전령을 기다린다는 너는 모든 사물의 이름을 잊기 위해 아무 말이나 하자고 했어 그 말은 이상했지만 왠지 그곳에 어울리는 말 같았지 그런데 모든 이름을 잊는다면 무슨 말을 할 수 있을까 의심과 확신이 원을 돌며 미로를 그리고 미로의 아름다움에 도취해갈 때 미끄러지는 덩굴 문 세이렌의 노랫소리 같은 북소리가 들려오고 그림자를 들고 있는 백발의 그가 누구인지 궁금하지 않았지 이건 순전히 덩굴풀 때문이라고 생각했어

전령을 기다리는 동안 모든 사물의 이름을 잊기 위해 길고 긴 문장을 써 내려갔어 마지막 문장처럼 멀리멀리 가고 있었어 푸른 바다 깊은 곳에서 기포 그물이 만든 신비한 물기둥을 보았지 그 안에 갇힌 빛들 아름다운 빛들 전령사의 신호음이 울리면 갇혀 있던 빛이 퍼져 나오지 쏟아지는 빛으로 들어가는 사람들 불타는 덩굴 문 지속음 같은 북소리가 들려오고 흰빛을 지나 고래만 다니는 길을 지나 모든 이름을 잊고 있었지

투명 아이를 본 적이 있다

그곳은 열기로 가득했는데 열기에 대한 추측은 무성해서 다른 열기를 만들었는데 처음의 열기와 나중의 열기 둘 다 모퉁이의 빛이나 환한 들판을 보는 것처럼 좋아하지는 않았는데 그녀가 들려준 쓸모없는 것에 대한 이야기가 자꾸 떠올랐는데 어느 날 아지랑이 같은 아이가 나타났는데 투명한 아이가 그곳에 어떻게 들어왔는지 알지 못했는데 아이의 등장을 궁금해하지 않기로 했는데 초연한 표정으로 태양을 바라보았는데 눈을 감아도 보이는 태양인데 흰빛 속으로 들어가고 싶었는데 항상 그런 건 아닌데 그곳에서 무엇이 자라나고 있었는데 그걸 뭐라고 불러야 할지 모르겠는데 아무렇게나 부르고 싶지는 않았는데 다가갔는데 훑어보았는데 거칠었는데 감촉도 좋지 않은 이걸 어떻게 사용하는지 모르겠는데 멍하게 바라보았는데 느낌은 부풀어 올라 다시 느낌이 되었는데 느낌의 속도를 지속하고 싶었는데 갑자기 검은 구멍 아래로 떨어지고 있었는데 너무 어두워 무서웠지만 열기의 근원을 찾아보기로 했는데 어둡고 환한 기억을 따라갔는데 (없는 네가 아름다워) 태양을 바라보는 일로 자신을 소진하겠다는 아이는 자기를 쓸모없는 감정이라고 불러달라고 했는데 쓸모없는 감정 말고 우리가 나눌 것은 없다고 했는데 점점 지워지고 있었는데 이제 혀끝에 서 있는데 제 몸에서 돋아난 걸 보았는데 너보다 가벼웠는데 비칠비칠 사라진 끝에서 이름을 부르는데

미나리아재비는 미나리아재비를 데려간다

희미한 소리가 들려온다 여기가 어디인지 이상한 일이 일어난 건지 알 수 없는 낯선 시간이 흐른다 모든 경계가 점점 흐릿해진다 이건 사실이 아닐지도 모른다 아직 이곳의 언어를 잊지 않았다는 게 신기하다 이곳의 불안하고 아름다운 이동 경로를 완성하기 위해 늑대 떼의 감동적인 사냥 방식을 그려볼까 몰락해가는 왕의 옆에서 그림자극을 시작하는 진정한 광대의 왼손을 기억해야지 서서히 어두운 복도가 보인다 희미한 소리의 정체는 드러날 기미가 보이지 않는다 어두운 복도를 지나면 죽은 자들의 질서처럼 분명한 일이 나타날 것 같다 마치 분명한 일의 전형을 보여준다는 듯 무언가 기다리고 있겠지 예측이 쏟아지는 복도를 지나 나선의 계단을 올라 문을 연다 고전적으로 거울을 들고 있는 여자가 이제부터 시작되는 말은 무조건 싫다며 고개를 돌린다 모순이란 단어처럼 감동적인 말을 할 수는 없겠느냐며 몽롱한 표정을 짓더니 미나리아재비는 미나리아재비를 데려간다라고 적힌 종이를 내민다 그것을 받고 싶지 않지만 그냥 받아도 그만이지만 곧 울음을 터뜨릴 것 같은 그녀를 피해 다른 곳으로 가고 싶다 이곳은 낯선 시간을 지속하고 있는데 무슨 함정에 빠진 것처럼 불길하다 그렇지만 아직 이곳을 벗어나면 안 될 것 같다 문을 열고 나가면 순식간에 사라질 기분일 수도 있지만 그건 제법 중요한 일처럼 느껴진다 모든 것에 영향받고 있었다 흔들리는 심연이 등장하는 순간이다 망설이는 동안 감각을 익히게 될 것이다 감각은 실패한 수사와 반복 사이에서 생겨났다 어떤 것에도 흔들렸고 아무것에도 흔들리지 않았다 흔적 없이 지워지는 이름들 바람 부는 자리에 무수한 이름들이 떨어진다

어제 나비

죽었던 사람이 화를 낸다 소리를 지른다 마음에 들지 않는다고 그전이 차라리 낫다고 의자를 원래 있던 자리에 책상과 책장은 이쪽으로 하늘거리는 치마를 입고 악몽을 꾸고 싶어 언제나 놀라운 이곳에는 무슨 소리가 나고 그는 상기된 얼굴로 거울을 본다 어디서부터 잘못된 걸까 엉킨 실타래처럼 어지러운 그는 보이지 않는 끝을 따라가고 싶었다

빛이 바뀐다 부서지는 햇빛처럼 달려서 가까워지는 숨 창문을 연다 감나무 버드나무 벚나무 그리고 죽은 나무 햇빛 자리에 고양이가 걸어가고 우는 아이가 걸어가고 비현실적으로 나비가 날아가고 나는 진지한 착각에서 벗어나지 않겠다고 생각하고 있었고 없는 사실을 안고 있고 혀를 움직였지만 소리가 없다 넌 지금 무슨 생각을 하고 있는 거니 바닥을 떠가는 기억은 흐른다

태양 아래서는 보이지 않는 것들 없는 이름 없는

기억을 만들어내는 우리는 어디든지 갈 수 있다 불완전하게 자라는 아이가 떨어진다 떨어진 자리에서 꿈꾸는 눈동자 길 위에 고인 하늘 바닥의 하늘로 들어간다 여운은 반복되듯 늘어난다 오늘은 죽은 사람도 어제 나비도 오지 않았지만 그가 나타났었다고 전할 것이다

사람

거울을 보며 사람의 표정을 흉내 내곤 했다
일기를 쓰며 사람의 감정을 읽어보려 했다
쏟아지는 어둠
어둠 속 어두운 얼굴
창문에 비친 얼굴이 낯설다
그때의 불안처럼 아름다운 시간이 흐른다
그때의 눈빛처럼 아름다운 눈이 내린다
창밖 너머 눈부신 눈송이들이 공간을 늘리며
세계의 바깥을 만들고 있다
새벽의 마침표 같은 불안정한 점들
점과 점을 이어 희미한 선을 그린다
이제 곧 모든 선들이 지워지고
투명한 것들이 점점 투명해진다
나는 그것들을 바라보며 사람의 향기를 맡고
사람의 향기는 알 수 없는 느낌으로 다가온다
보이지 않는 너에게 서툰 몸짓으로 다가간다
나는 너에게 알 수 없는 것만 믿는다고 속삭였다
사랑한다고 사랑한다고

목소리와 눈길뿐인 그것이 말했다
믿기지 않는 일처럼 말했다
환한 어둠
어둠 속 어두운 얼굴
그것은 무엇입니까
그것은 무엇을 향합니까
옷을 벗고 의자에 앉는다
피로한 표정에 어울리는 옷을 기다렸다
기다림은 늘 어리둥절해야 한다고 생각했다
마취제의 속도처럼
우산 위의 바나나처럼
오늘은 처음으로 영혼이란 낱말을 들었다
영혼은 배회하는 자들의 것이라 했다
영혼을 얻기 위해 거리로 나선다
하지만 거리에는 운명이 없다고 한다
영혼만큼 운명이란 단어도 알 수 없었다
그러나 지금 영혼이나 운명을 말하려는 건 아니다
그러나 지금 이것을 뭐라고 말할 수 있는가

부서지는 환함

같은

말할 수 없는 것들

말할 수 없는 것을 말하려는 마음이 속도를 가진다

불길한 꿈처럼 눈이 내린다

어둠을 뒤덮는 환한 눈꽃

어지러운 어제 같은 엉킨 곡선을 그려보았다

이렇게 끝없이 무늬를 그리다 보면 사람이 될 것 같다

헛되게 소진해온 감정을 이대로 계속 소진하기로 한다

빛이 바뀐다

단지 영원한 의자

단지 끝없는 반복

생각은 생각 속으로 들어가며 생각을 하고

사이사이마다 움직이는 것들이 있다

기억의 뒤에는 순간을 정지시키는 영원의 시간이 있고

그것의 사이에는 빛이 가득하거나 말들이 고여 간다
시간이 방향 없이 흐르고
여전히 그곳에 있는 것들이 있었다
손바닥을 뒤집어본다
손바닥을 뒤집는 너는 마지막 사람이 되고 싶다
투명하게 얼어붙은 손금은 그것의 운명을 잊는다
점이 펼쳐진다
배경이 사라진다

겨울 숲

새들은 걸어 다녔다
빠질 것 같은 하늘이 멀리 있다
사람들은 밀랍 인형처럼 움직이고
움직이고 있어도 멈춘 듯 보였다
숲 속을 걸으며 아무 말도 하지 않았다
아무 말을 하지 않아도 서로의 목소리를 들을 수
있었다
숲과 숲 건너편
그리고 숲의 경계
모두
밥 먹으면서 우는 사람처럼 슬픈데
끝없이 걷고 싶은 사람처럼 슬픈데
형체 없는 사람이 푸른 옷을 입고 떠간다
바람 부는 눈동자
하얀 다리를 휘감는 검은 머리카락
서로 엉켜 안은 채 얕은 잠이 들고
푸른 손끝에 물이 맺힌다
숲과 숲 건너편

그리고 숲의 경계
젖은
햇빛 아래서 막연한 느낌이 커지고
무언가 지나쳐 가고 지나쳐버렸다
마지막 키스처럼
푸른 공기가 떨고 있다
불길하고 아름다운 시간이 끝나지 않을 것처럼 흐
른다
그곳에 우리는 있었다

겨울 복도

다른 추위가 있었다
온기 없는 실내를 지나
복도는 끝없이 펼쳐진다
복도는 늘어나는 복도다
늘어나는 복도에서 너를 바라본다
바다 위에 떨어지는 빗방울 같은
바람 부는 절벽의 불안한 양 같은
환하게 떨리는 웃음 같은
어제 죽은 것이 오늘 다시 살아나는 것 같은
너와 내가 사랑이라 부르는 사랑 같은
그것을 달리 무엇이라 부를 수 있을까 같은
그곳에서 다시 시작한다
과하고 쓸모없는
조금 미쳐버린 채 흐르는
복도는 끝없이 펼쳐진다
복도는 늘어나는 복도다
늘어나는 복도에서 너를 바라본다
버려진 아이가 달려간다

버려진 입술은 사랑한다고 말했다
버려진 침묵을 확장시켰다
버려진 기억을 흔들어 깨운다
버려진 망각을 기다린다
버려진 모자를 쓰고 걸었다
버려진 하나
버려진 둘
버려진 셋
겨울을 지나고 있었다
그곳에 우리는 있었다

겨울 산책

오래된 골목을 셋이 걸었다
낯선 시간을 셋이 걸었다
할머니의 커피 가게로 들어간다
안녕 마담 안녕 마담 연습하지 않았다
하나와 둘은 G를 셋은 C를 산다
하얀 할머니와 커피 향과 커피를 싼 포장지와 조용한 길 조용한 빵
모두 마음에 들어 말이 없어진다
말 없는 셋
그리고 실소
눈물이 고인다
그들은 점점 노을빛과 닮은 눈빛이 되어간다
지는 해와 해 지는 하늘
노란 알약과 밤의 빛
이유 없이 좋은 것들이 이유를 설명하지 못하고
아무것도 아닌 비밀을 만들고
무언가 말하고 싶은 건 언제나 말할 수 없는 것들이다

사라지는 순간을 붙잡을 수 없는 절망을 아직 고백하지 않았다

오늘은 묘지에 가지 않았지만 내일은 하나 둘 셋이 사랑한 죽은 자들의 집에 갈 것이다

해가 진다

음악을 튼다

하나와 둘은 G를 셋은 C를 마신다

커피와 갈색 장갑

헝가리 접시와 꿈꾸는 불빛

모두 마음에 들어 눈물이 고인다

겨울 감각

어제는 슬픔 때문에 새를 부를 수 있게 되었고
창가로 날아온 새들은 세상의 끝으로 나를 데려
가곤 했다
새들은 노란 알약을 먹은 이후 더는 울지 않았다
울지 않는 새는 어떤 변신을 예고하는 듯했다
너는 들리지 않는 소리로 고양이를 불렀다
모든 건 불면의 밤이 시작되면서 일어난 일이다
불면이 지속되는 동안 너와 나는 무엇이 되었나
이 방의 모든 사물이 무섭고 예쁘다
어제와 오늘과 내일의 사물들
어제와 오늘과 내일의 감각들
토마토 위에 고무를 올려놓았다
컵 위에 술병 그림을 올려놓았다
위태로운 위태롭지 않은
거울로 들어가고 싶지 않았다
거울 속의 나는 여럿 같았다
거울 속의 나는 자꾸 얼굴이 변한다
모든 건 불면의 밤이 시작되면서 일어난 일이다

이 방의 모든 사물이 무섭고 예쁘다
주전자 위에 편지를 올려놓았다
네모난 시집 위에 엽서를 올려놓았다
순서는 아무래도 상관없는 사물들이 계속 쌓인다
어떤 순간에도 배치를 생각하지 않은 건 아니다
그것은 얼어붙은 공기에 잠시 온기를 주었다
불안과 과잉의 지속음을 내는 곳에서
지나친 예감 속에서
새를 불렀다
고양이를 불렀다
환한 그늘

겨울 감정

무너지는 벽의 책상 위에 시드 비셔스 사진 위에 시베리아 호랑이 엽서 위에 가방을 든 오리 엽서 위에 고양이가 그려진 주전자 위에 자랑스러운 커피잔 위에 네모난 시집 위에 네모난 사전 위에 모눈종이 공책 위에 고독한 벤야민 고독한 카프카의 미소 위에 크로넨버그 맥주병 위에 부르고뉴 포도주병 위에 럭키 스트라이크 담뱃갑 위에 벨벳 언더그라운드 음악 위에 데드 케네디 음악 위에 고무와 토마토 위에 중국 인형 위에 헐벗은 높은 나무 위에 밤의 길을 걷는 안개 낀 맨발 위에 밤의 길을 달리는 불안한 눈동자 위에 너무한 불면 너무한 영감 위에 팽팽한 줄 위에 무한한 의자 위에 잉크가 번진 편지 위에 낯익은 글씨 위에 친구들의 근심 위에 밤의 연민 위에 밤의 연민을 생각해보는 아침 위에 모서리의 귀기 위에 다시 벨벳 언더그라운드 음악 위에 비올라 소나타 위에 한국말 위에 푸른 공기 위에 모든 여운 위에 순수한 냉기 위에 순수한 환영 위에

겨울의 속도

건물에서 건물까지 달렸다
달빛은 죽은 사람을 부르고
불빛은 낯선 시간을 불렀다
깨진 유리 조각 위를 걸어오는 맨발처럼
햇빛 속으로 들어가는 너는 아름답고
잊히지 않는 일들이 떨고 있었다
영원한 일요일을 생각했다
영원과 일요일을 붙여놓고
폭주하는 슬픔으로 미끄러진다
나는 슬픔의 무게를 재려면 신의 저울이 필요하다
고 말했다
오늘 밤 우리는 들뜬 마음으로 슬픔의 무게를 잰다
건물에서 건물까지 달렸다
오늘의 속도만큼 무섭게 자라나는 기억들
거대한 잠자리가 기억하는 기억
거대한 고사리가 기억하는 기억
보름달이 뜨면 모두들 모던한 이야기를 시작했다
모던을 느끼는 감각이 모두 달라서

그냥 그림자놀이를 했다
그림자는 스스로 허공에 걸리고 있었다
보이지 않는 꿈의 결을 보고 있었다
잠 없는 시간과 시간 속에서
마지막 편지를 쓰고 어지러운 안경을 쓰고
어렴풋한 축복처럼 멈추지 않는 노래를 틀어놓고
불가능한 거리로 떠나갔다
끝없이 반복되는 자장가
방향 없이 방향을 흔들며
여전히 떨고 있었다
떠나자마자 신비롭게 마비되는 다리
불가능한 거리에서 되돌아온다
모든 것이 언젠가 끝날 것이라는 것을 모른다는 듯이
불길하고 아름다운 시간이 끝나지 않을 것처럼 흐른다
그곳에 우리는 있었다

에트랑제 에트랑제

이곳에는 소리를 내는 물건이 있다 물건은 움직이고 이름을 모른다 나는 아직 그것에 대해 한 번도 말하지 않았다 어제의 거짓처럼 진지해진 나는 토끼 굴로 사라진 토끼를 불러내고 싶었다 하지만 어떻게 해야 할지 몰라 녹슨 문을 열어놓고 비가 들이치는 방에서 모국어로 시를 썼다 삐걱거리는 나선형 계단의 불꽃나무아이를 본 적이 있니 불꽃나무로 들어가는 아이는 혼자 자란다 그건 박쥐의 소란한 비행처럼 어지럽고 마운틴고릴라 집단의 표정처럼 초현실적이야 서투른 표현이 점점 솔직해져갔다 솔직함으로 가장하고 있는 건 아닌지 알 수 없었다 알 수 없는 것들은 쑥쑥 자라나 침묵 속으로 줄지어 들어갔다 차양 아래에는 낯선 눈동자들이 모여 똑같은 인사를 했지만 말을 잃어가는 나는 이곳과 저곳의 사이에서 나오지 않는다 토끼 굴로 사라진 토끼처럼 토끼 굴로 사라진 토끼는 언제 나타날까 나는 아직도 어떻게 해야 할지 몰라 이번에는 멸종 동물과 멸종 위기 동물을 적는다 바바리사자 분홍머리오리 분홍돌고래 샴악어 수마트라오랑우탄 설표 판다 레서판다 반달가슴곰 큰개미핥기 코뿔소 하마 미어캣 붉은여우 붉은박쥐 사향노루 시카사슴 산양 봉고 딩고 늑대 표범 아무르호랑이 하프물범 북극곰 흑조 알바트로스 이라와디돌고래 이것을 계속 적는 것은 불안한 아이의 모자처럼 우울하지만 멈추고 싶지 않았다 당신은 에트랑제입니다 에트랑제입니다 너에게 검은 페도라를 선물할게 그 모습이 슬퍼도 좋아 페도라를 쓰고 검게 걸어가줘 죽기 직전에 레몬 향기가 맡고 싶다던 시인이 떠오른다 유언 치고는 참 멋지다고 중얼거리다 눈물이 왈칵 쏟아진다 들판을 달리는 토끼처럼 산등성이에 내린 구름 그림자처럼 나선형 계단의 불꽃나무아이는 사라진다 그것은 제문을 읽을 때의 엄숙함처럼 즐겁거나 슬프다 줄타기하는 뒤꿈치에 눈부신 꽃비가 쏟아진다 나는 아직 한번도 말한 적 없는 입술로 토끼 굴로 사라진 토끼를 불러낼 것이다 늙은 여자의 바느질처럼 다정하게 빨랫줄 위의 이불 홑청처럼 쓸쓸하게 어제의 거짓과 어제의 참과 무성한 침묵으로 너를 부를 수 있을까 창가를 돌다 다시 날아가는 검은 새 끝없이 떠다니는 몰락의 시간 재떨이 위의 담배 연기를 바라보는 것은 가끔 결정적이다 커피 잔에 떨어지는 눈물처럼 시인의 목적 없는 손가락처럼 이렇게 쓰고 나면 더 빛나는 것들이 있다 어둠은 오래된 계단을 덮고 새들의 자리를 덮고 눈물을 덮고 하늘구멍을 덮고 모든 것을 천천히 드러냈다 시적 상태가 과잉의 지속음을 내고 있는 곳에서 나는 토끼 굴로 사라진 토끼를 부르기 시작했다

표류

풀을 먹고 있는 풀밭 위의 새끼 고양이를 쳐다보는 마음이 또다시 말을 찾는다 설명할 수 없는 말이 혼자 걸어가는 시간 그것은 한없이 모호해서 모호하게 걸어갔다 초여름 초저녁 바람처럼 모호를 좋아하는 나는 모호한 나무를 말하고 싶어서 한 번 두 번 세 번 네 번 노래를 불렀다 충분하지 않은 마음이 불안정한 활기를 만든다 상승하는 글자를 만든다 그들은 어디로 갔을까 사람들은 혼잣말을 하고 알아들을 수 없는 말이 쏟아지는 거리에는 빛이 있다 빛에서 떨어져 나온 고독은 광인 흉내를 내는 사람의 손끝에 배어 있고 사람을 보는 일이 나무를 보는 일보다 즐겁지 않다 착각 속에서 모호를 바라본다 심장이 뛴다 아이처럼 슬펐다 슬픔은 모든 뒷면을 만들고 영원을 만들기도 했다 영원한 봄밤 얼어붙은 눈동자를 봄밤에 버려야겠다 물이 일어선다 물의 끝에서 누군가 걸어간다 그 장면을 보았다는 사람들은 모호한 나무로 들어갔다 그렇다고 모두 친구가 되는 건 아니다 이상한 일은 아니었다 내 몸으

로 들어오는 사라진 시간 벗은 몸을 보여준다 모호
가 그리는 아름다운 선을 보았니 햇빛으로 들어가
는 바닥없는 아름다움을 보았니 나는 모호한 나무
를 말하고 싶어서 한 번 두 번 세 번 네 번 노래를
불렀다 이렇게 우리의 자리는 햇빛을 따라가고 장식
없이 윤곽을 드러낸다

여섯 개의 태양

그곳에는 이상한 숲이 있다
빛이 쏟아지는
온통 환한
빛을 느낄 수 없는 빛
거리를 느낄 수 없는 거리
한 개의 태양을 지나
두 개의 태양을 지나
세 개의 태양을 지나
죽음을 닮은 것 같은 풍경이 펼쳐지는 숲
그것이 무엇인지 말하지 못해도 된다
그렇다면 말할 수 없는 말을 따라
온통 환한 검은 숲의 발자국을 따라
무언가
어딘가
숲과 숲을 이루는 것들
검은 발자국은 사라지고
고전적인 들판이 놓이고
고전적인 감정이 놓이고

그러자 이내 무엇이 등장할 것만 같고

그러니까 이제 무엇이 등장한다

빛이 흐른다

나는 숲으로 들어가면 다신 돌아 나오질 않는다는 이야기를 시작했다

검은 모자를 쓴 남자들이 서 있다

하얀 옷을 입은 여자들이 환하게 웃는다

숲의 사람들은 무언가에 홀린 눈빛으로 각자의 춤을 추었다

그들은 이미 사람이 아닐지도 모른다고 생각했다

숲에서는 숲의 시간이 흘렀다

빛을 옮긴다

어둠이 모습을 드러낸다

어둠 속에서 제복 입은 행렬이 다가온다

어둠을 장악하는 행렬은 이내 사라진다

사라진 것이 향하는 방향을 알 수 없다

사라진 것이 무엇이 되는지 알 수 없다

빛이 흐르는

온통 환하게
빛을 느낄 수 없는 빛
거리를 느낄 수 없는 거리
네 개의 태양을 지나
다섯 개의 태양을 지나
여섯 개의 태양을 지나
숲과 숲을 이어가는 사람들
숲에서는 숲의 시간이 흘렀다
투명하게 깨진 시간을 지나며
그림처럼 하루를 앉아 있다
가라앉는 검은 태양
거기엔 무엇이 있었나
거기서 무엇을 보았나
그곳에는 이상한 숲이 있다

모모숲

그의 모자가 사라졌다
그의 모자는 어디로 갔을까 숲으로 들어간 걸까
숲과 모자가 어울리기나 하는지 모르겠다
모모는 돌멩이와 돌멩이라는 이름을 좋아한다
모모는 기타 노이즈와 어부 노래를 좋아한다
아름다운 모모
이상한 반복구
그의 모자는 어디로 갔을까 숲으로 들어간 걸까
자주 새로움을 잊고 새로움을 만들었다
오늘의 헛소리처럼 슬픈 일인지는 모르겠다
모모는 모자가 없지만 언덕을 내려갔다
모모는 모자가 없지만 그림을 그렸다
아름다운 모모
이상한 반복구
검은 머리 여자는 식탁보를 뜨면서 이야기를 시작했다
이상한 피리 소리를 따라 숲으로 들어간 사람들
피리를 불면 비가 온단다

눈먼 남자가 피리를 불면 비가 온단다
눈먼 피리 소리는 이곳과 저곳을 연결해주는 비를 부른단다
모모는 고수풀을 심는다
모모는 어둠을 끈다
아름다운 모모
이상한 반복구
점점 맥락이 없어지는 것 같았다
너무 맥락은 넘치고 결국 실패하겠지만
그런 게 중요하게 느껴지지 않는다
혀를 잘라 땅에 묻지 말자고 했다
아름다운 곳에서 만나자고 했다
숲이 보이지 않는다
숲은 어둠에 갇혀 있다

비가 온다
비에 젖는 검은 숲을 바라본다

월요일

그곳은 어두웠는데 어둠이 어둠의 윤곽을 만들고 있다

사라진 것이 환기하는 이미지처럼
비를 신고 돌아다니는 발소리처럼

매일매일 부질없는 꿈을 꾸었다
매일매일 다시 시작되었다

다른 색을 말했지만 다른 색은 없었다
모두 연습이었지만 연습은 없었다

어둠 속으로 누군가 걸어 들어간다

그를 따라 수평선을 끌고 간 일이 있다

봄밤

봄밤을 걸치고 다시 돌아오는

바람을 찢고 핏기 도는 소리

벽이 무너진다

새의 눈을 따라

그곳을 지나면

쏟아지는 기억

봄길 아래로는 누가 걸어가나

새의 눈을 따라

그곳을 지나면

결

아이가 아래로 달려간다

언덕이 무겁게 올라온다

누가 죽었나 보다

갑자기 아는 사람 같다

초록의 검은 비

그가 죽었다 나는 그가 보고 싶어 온종일 울었다

더는 그를 볼 수 없다는 사실은 상상할 수 있는 일이 아니었다 그를 보려면 이제부터 다른 문을 찾아야 한다

원을 그린다 천천히 원을 그리며 그를 기다린다

그가 침대에서 내 이불을 덮고 누워 있다 안경을 벗고 책을 읽는다 행복한 입술로 노래를 부른다 착하게 밥을 먹는다 내 머리를 쓰다듬는다 내 어깨를 쓰다듬는다 달개비꽃을 보고 소년처럼 기뻐한다 그가 걸어간다 문을 열고 들어온다 나를 보고 환하게 웃는다

나는 그에게 작은 종을 주었다 불안할 때마다 한 번 두 번 종을 흔들라고 말했다 나는 지금 그가 흔드는 종소리처럼 불안하다 나는 그처럼 한 번 두 번

종을 흔든다

종소리는 굳은 표정처럼 외로운 온기처럼 슬프다

그는 비에 젖은 풀냄새다 언덕에 앉아있는 마음이다 나뭇잎에 앉은 햇빛이다 해바라기다 한여름이다 머나먼 물고기다

모서리에 물을 주며 그를 기다린다

나는 그처럼 책장 앞에서 책을 넘긴다 안경을 벗는다 부엌에서 등을 구부리고 서 있다 그처럼 엄마엄마를 부른다 절룩절룩 산보를 한다 마호가니 의자에 앉아 창밖을 본다 그처럼 달린다

여기저기에서 나는 그처럼 있다

그가 보고 싶다 그가 너무 보고 싶은데 이젠 볼 수

없다니 이렇게 결정적인 감정은 도대체 어떻게 하는 걸까 그를 보려면 어떻게 해야 하나 그를 보려면 슬픔의 끝으로 끝없이 슬픔의 끝으로 들어가야 하나

이젠 어떻게 해야 해?
이렇게 결정적인 감정은 어떻게 해야 해?

그의 모자를 쓰고 그의 안경을 쓰고 그의 나무로 간다

기억은 그가 심어놓은 나무처럼 쑥쑥 자라난다 자라나는 기억은 슬픔의 끝을 향한다

그는 어딘가로 떠났다 그가 떠난 자리에서 그치지 않는 노래를 부를 것이다 세상의 끝에서 부르는 것 같은 노래를 노래를 부르는 내내 아름다운 그가 있을 것이다

그는 달리는 풍경이 된다 되살아나는 시간이 된다
희미한 떨림이 된다 불가능한 사랑이 된다

초록으로 바탕을 칠한다 검은 비를 그린다

초록의 검은 비로 들어간다

여름

기억나지 않는다
얼어가는 사람을 끌어안는다
기억나지 않는다
너무나 아름다운
얼어가는 사람들은 아름다움만 보여주었다
예감에 휩싸였던 시간
정말 신비였을까
검은 길을 걷는다
그와 함께 걷는다
단단하고 축축한 밤공기
텅 빈 그림자새
기억나지 않는다
멀리 있는 것들이 되살아난다
무슨 계절을 좋아하는지 물었다
여름
죽음처럼 분명해지는 것이 있었다
너와 나의 아름다움이 같을 수는 없다고 생각했다
아무리 해도 아름다운 것이 있었다

불을 건너는

몸에 불이 붙기 시작했다
불붙은 내 몸을 바라본다
강철로 만든 다리가 쓰러진다
물로 만든 심장이 뜨거워진다
푸른꽃을 찾아 여기까지 왔는데
푸른꽃을 그리며 여기까지 왔는데
벼랑 끝에서 불붙는 문
불의 원 앞에 선 서커스의 사자처럼
그곳을 통과하고 싶지 않지만
무언가에 끌려 나는 지금 여기에 있다

불을 건넌다
모래바람이 분다
모래곡선을 본다
무한한 정오
책상에 앉아
굴로 들어가는 아이처럼
네가 부르는 노래처럼

단순한 지도를 그린다
소실점 너머 푸른꽃이 있다고 했다
어둠이 어둠을 지울 때까지 그곳을 나오지 않는다

불이 젖어간다
젖은 종이를 쌓아 지붕을 만든다
헛된 마음을 쌓아 너에게 간다
잿빛 하늘을 가두고
창백한 별들을 붙잡으며
어린 짐승들이 떨고 있다
끈적이고 메마른 슬픔 위로
지워지고 반복되는 흔적
흐르는 냉기
마지막 온기

불가능한 아름다움을 향해 불을 건넌다
마지막 인사를 하듯 불을 건넌다
이 아름다움이 데려가는 곳은 어디입니까

이 아름다움의 끝에는 무엇이 있습니까
텅 빈 슬픔
무한한 정오
마치 그것만 안다는 듯
어느덧 그것만 알게 되고
얼어가는 손가락은 푸른꽃을 그린다
나는 그것과 어울리는 햇빛을 그린다

아버지

소년이 방바닥에 누워 천장의 물고기를 바라본다

햇빛과 물고기와 물결과 눈부신 물빛

쏟아져 내릴 것 같은 물결과 눈부신 저 빛을 따라가다 보면 세상의 끝이 나올 것 같다 아름다움의 끝을 보게 될 것 같다 단란하고 막연한 아버지의 아버지를 만날 수 있을 것 같다

소년은 환상적인 느낌에 사로잡혀 슬픔을 잠시 잊는다

소년은 멀리멀리 얼룩진 물고기를 따라간다

텅

하얀 벽이 있다
빛그림자가 그어진 하얀 벽이 있다

너는 하얀 벽의 그림자의 빛을 그리고 싶다고 했고
나는 그 속으로 들어가고 싶다고 했다

온종일 눈부신 의자에 앉아 그림자의 빛을 본다

움직이는 것들은 제자리를 찾아간다는 듯 환한 정
지를 만들고 있다

감나무 아래로 잿빛의 사람이 걸어온다

불가능한 마멀레이드

무언가 죽어 있다
그것에 대해 말하기는 쉽지 않다
그는 보이지 않는 신비의 실을 찾고 있었고
그녀는 골짜기로 들어간 행렬을 보러 가자고 했다
흔들리는 눈빛 속에 구원이 있다고 말하고
설명하지 못한 말에만 가능성이 있다고 덧붙였다
날씨에 따라 달라지는 생각을 믿을 수 없었는데
어떤 것도 알 수 없는 거라며 부엌으로 이동한다

마멀레이드 불가능한 마멀레이드
마멀레이드 불가능한 마멀레이드

무언가 죽어 있는데
그것에 대해 말하기는 어렵다
그는 끊어지지 않는 신비의 실을 찾고 있었고
그녀는 떨리는 입술을 보러 가자고 했다
점괘를 펼쳐놓고 레이스를 뜨는 노파의 왼손
왼손에 특별한 의미를 부여하지 않기로 했다

하얀 눈이 온다
하얀 눈은 하얗게 오고 있다
백지와 지운 문장 사이에 흐르는

마멀레이드 불가능한 마멀레이드
마멀레이드 불가능한 마멀레이드

화부K

화부 화부는 갑자기 떠오른 화부이고 아무 의미 없는 화부이고 아무 의미 없지만 계속 떠오르는 화부이고 아니 아무 의미 없다고 하기에는 의미가 넘쳐나는 화부이고 의미가 넘쳐나는 화부는 의미를 드러내진 않지만 감추지도 못하는 화부인데 그러니까 화부 화부는 계속 발음하고 싶은 화부이고 달아나는 단어들로 이루어진 화부이고 검은 강물로 빠져버리는 화부이고 네모로 들어가는 화부이고 네모를 늘리는 화부이고 무리하는 화부이고 무리한 상태가 가장 자연스런 화부이고 그렇다고 언제나 무리한 화부만은 아니고 느낌이 마치 전부인 것처럼 작동하는 어리석은 화부이고

화부 그리고 밀실 그리고 하얀 천 그리고 하얀 베개 그리고 재 그리고 해 그리고 약속 그리고 거짓말 그리고 먹구름 그리고 불꽃 그리고 안개 그리고 잠자리 그리고 능소화 그리고 여름밤 그리고 모슬린 커튼 그리고 연인 그리고 도취된 웃음 도취된 빛 그리고

담배 연기 그리고 커피 그리고 빗소리 그리고 새소리 그리고 사다리 그리고 홍분 그리고 어지러움 그리고 부러진 날개 그리고 침잠 그리고 모자 그리고 겨울 그리고 함박눈 그리고 자작나무 그리고 툰드라 그리고 다락방 그리고 육면체의 빛 그리고 빛의 틈 그리고 쇄빙선 그리고 물결 그리고

화부 화부는 고통 속에서 그것의 손을 잡고 춤추는 화부이고 K와 나만 있으면 쓸 수 있는 화부이고 K와 나 없이도 쓸 수 있는 화부이고 쓸 수 있는 화부는 쓸 수 없는 화부이고 그래도 쓸 수 없는 화부를 쓰는 화부이고 거울로 들어가는 화부이고 결국 또다시 등장하는 화부이고 그러니까 화부 화부는 모퉁이의 어둡고 환한 빛을 보고 있는 화부이고 모호가 화부인가 생각하는 화부이고 모호가 사랑한 화부이고 모호를 사랑한 화부이고 언제나 절정만을 바라는 미치겠는 화부이고 불안한 화부이고 아이처럼 외롭고 아이처럼 즐거운 화부이고 곧 슬픔이 폭풍처럼

밀려올 화부이고 항구 공항 들판 헬리콥터 모노레일 미러볼 이런 단어를 쓰며 슬퍼하는 화부이고 슬프니까 더욱 슬퍼지려고 음악을 틀어놓는 화부이고 다시 그것의 손을 잡고 춤추는 화부이고 잘 웃는 화부이고 표면과 깊이를 생각하다가 감정털신이라는 단어가 떠오르는 화부이고

감정국경 그리고 감정기차 그리고 감정호텔 그리고
감정의자 그리고 감정가방 그리고 감정우산 그리고
감정외투 그리고 감정종이 그리고 감정연필 그리고
감정커피 그리고 감정담배 그리고 감정술잔 그리고
감정울음 그리고 감정얼음 그리고 감정폭설 그리고
감정순록 그리고 감정새벽 그리고 감정화부 그리고
감정기계 그리고 감정모순 그리고 감정분열 그리고
감정웃음 그리고 감정반복 그리고 감정무한 그리고
감정실선 그리고 감정기억 그리고 감정나비 그리고
감정자음 그리고 감정모음 그리고 감정검정 그리고

화부 화부는 눈 쌓인 길에서 길을 내는 사람처럼 묵묵히 걸어가는 화부이고 눈 덮인 길 남매의 고요한 발자국을 믿는 화부이고 자주 감정을 흘려보내는 화부이고 쓸데없는 일에 집중하는 화부이고 도무지 심각하기만 한 사람을 믿지 않고 대신 슬픈 눈빛을 믿는 화부이고 슬로모션처럼 떨리는 백지로 다가가는 화부이고 그러니까 그저 그것의 손을 잡고 춤추는 화부이고 그것과 감정노래를 부르는 화부이고 끝까지 끝까지 걸어가는 화부이고 끝까지는 너무 어렵지만 그것으로 들어가서 화부 화부를 떠올리며 계속 이것을 쓰고 싶은 화부이고 끝내 완성하지 않을 화부이고

올

소금 헝겊을 들고 소금 가마니는 아니고 올이 굵은 소금 헝겊을 들고 소금 가마니는 아니고 이런 것을 말하려는 것은 아닌데 그렇지만 도무지 다른 말을 하기가 어렵고 시작은 아무거나 하면 되고 소금 할아버지는 눈이 멀고 눈먼 눈 속 소금 사막이 들어가고 보이지 않는 것을 보고 있고 도대체 말해본 적 없는 시간은 너에게 들어가고 소금 헝겊 소금 가마니는 아니고 아직도 다른 말을 하지 못하지만 시작은 아무거나 하고 너는 소금 사막을 보여주었지만 나는 소금 사막이 보고 싶다고 중얼거리고 이런 건 말이 되지 못했고 그래도 말이 되지 못한 말들로 움직였고 여전히 버석거리는 말들은 소금 헝겊을 들고 올이 굵은 소금 헝겊을 들고

창백한 손금

눈이 온다. 시든 꽃 여섯 개를 정원의 그늘에 던진다. 시든 꽃은 손바닥을 지나 손가락 사이를 지나 허공을 돌아 천천히 정지하듯 떨어지고 있다. 문득 모든 것이 정지하고 나와 눈송이만 움직이고 있는 것 같다.

눈이 온다 절망적으로 눈이 온다
창백한 손금이 예고하는 미래처럼

창백한 손금이 늘어난다. 창백한 손금의 끝에서 흰 실이 쏟아진다. 쏟아지는 흰 실을 망각하는 흰 실이라고 불렀더니 망각하는 흰 실은 당나귀의 기찻길로 불러달라고 했다. 이렇게 벌거벗은 입술처럼 말한다고 해서 벌거벗은 입술이 되는 건 아니다. 그래도 나는 벌거벗은 입술 그 자체가 되어 벌거벗은 입술답게 창백한 손금에 대해 계속 말하고 있었다. 창백한 손금이 전부인 상황을 기다리고 있었다. 흰 실과 망각과 당나귀와 기찻길이 들어간 문장처럼 엉뚱

하게 기다리고 있었다. 눈이 온다. 절망적으로 눈이 온다. 망각하는 흰 실을 끌고 가는 사람들이 창백한 손금이 그리는 무늬의 기원을 좇아 하나둘 사라진다. 무늬의 기원은 말하는 사람마다 달라서 죽은 여자의 거울이 떠올랐는데 그다음은 없다. 망각하는 흰 실은 나선을 그리며 흰빛과 섞이고 있었다. 그 모습은 영원이라는 단어를 닮았다. 영원을 말한다고 해서 영원을 알 수 있는 건 아니다. 그래도 나는 영원으로 들어가는 망각하는 흰 실 그 자체가 되어 영원으로 들어가는 망각하는 흰 실답게 무한한 전망을 완성하는 눈보라처럼 움직이고 있었다. 나선과 흰빛과 영원과 무한한 전망과 눈보라가 들어간 문장처럼 어지럽게 움직이고 있었다. 그 모습은 죽음이라는 단어를 닮았다. 상승하는 기운은 없다. 당나귀의 기찻길을 잊은 건 아니다. 분명한 슬픔이 슬픔을 드러내는 순간이다. 슬픔의 끝에서 누군가 아름다움이 허구가 만들어낸 단어냐고 물었다. 나는 허구의 진심을 기억하겠다고 대답했다.

눈이 온다 절망적으로 눈이 온다
창백한 손금이 예고하는 미래도 없이

시든 꽃이 떨어지고 모든 것이 정지한다. 나는 정원의 그늘로 떨어지고 있다.

다시

어제의 말을 끝없이 낳고 있는 밤
하지에 태어난 그녀는 밤과 낮의 길이를 기록하고
불안한 구름은 침묵을 들고 층계로 나간다
얼어가는 빛
층계참의 응시는 그녀를 어디론가 데려가기도 한다
그 시간은 너무 좋아 없는 시간이 된다
사실 그건 아무것도 아니다
밤이 밤으로 들어가는 동안
어제의 말을 끝내지 못한다
무엇을 위해 그렇게 하지 않는다
그렇게 하지 않는 게 더 좋다
기억과 기억의 사이
죽은 이들이 들려주는 이야기와 시린 눈길을 따라
모든 의미가 증발하는 자리에서 되돌려지는 소리
그때 내가 본 것은 무엇이었을까
너라면 어떻게 말할까
지상의 모든 언어가 미끄러지는 시간
다시

감정 정원

안개 속으로 들어간다
앞으로 아이가 뛰어가고
뒤로 낡은 사람이 떠간다
이름을 불러본다
아무도 듣지 못했다
얼어붙은 바닥에 얼어가는 뺨을 내려놓고
흔들리는 촛불에게 창백한 손가락을 달아준다
안개의 속도를 따라갈 수는 없었지만
안개 속에서 어떤 형식을 갖는다
회청빛 냉기
적막한 입김
낱말들을 마당에 심었다
그것의 온도가 느껴진다
간격이 시작된다
간격이 이름을 지우며 간다
감정은 막다른 거기에 있다
어떤 사람들은 이곳에서 눈이 멀어갔다

북쪽 바다 아비비

아이들은 아이들이 태어난 바다를 찾아 밤으로 들어갔다
아이들은 아이들의 바다가 여기는 아니라고 했다
한 번도 고향을 가져본 적 없는 마음이
북쪽에서 부는 바람을 타고
서쪽에서 날아온 눈을 들고
먼바다로 돌아가고 싶었다
먼바다의 사라진 지표를 그리며
검은 피를 흘리며 공기를 얼리며
아이들은 아이들의 바다를 찾아 밤으로 들어갔다
무언가를 꼭 찾아야만 하는 건 아니지만
밤의 나무로 만든 나무배를 타고
언제나 어디에서나 떠도는 나무배를 타고
내 안에서 들려오는 소리를 따라
끝없는 항해를 시작하지
밤의 소리로 만든 하얀 파도를 타고
언제나 어디에서나 밀려오는 하얀 파도를 타고
아이들은 아이들의 바다에서

아비비 아비비 비로소 말을 하게 될 거야
충분한 이름처럼 그리운 말을 하게 될 거야
눈사람처럼 녹아버릴 말을
얼음산처럼 얼어붙을 말을

산토끼의 바보

산토끼의 바보를 처음 보았을 때 너무 좋아 너에게로 달려갔다 부끄러운 뺨이 되었다 두 손을 머리 위로 올렸다 산토끼의 바보 산토끼의 바보라고 발음하며 토끼의 귀를 만든 손을 접었다 폈다 반복했다 시인의 산토끼의 바보 때문에 나는 산토끼의 바보가 되었다 산토끼의 바보 산토끼의 바보 산토끼의 바보가 눈길로 달려간다 산토끼의 바보가 사라지는 기억으로 미끄러진다 사라지는 사라진 것을 바라본다 산토끼의 바보가 산산이 부서진다 산토끼의 바보가 29일에 만나자고 약속한다 산토끼의 바보가 커피와 포도주를 나눠 먹는다 까마귀가 비둘기 알을 물고 날아간다 뭐라 말할 수 없다 움직이지 못하는 어미 새를 끌어안고 울고 싶은 아침 아침의 충격 아침의 연민 아침의 파르티타 아침의 파꽃 산토끼의 바보는 산토끼의 바보니까 깨닫지 않기로 한다 그래서 산토끼의 바보가 끝없이 생각한다 산토끼의 바보가 곡선을 그린다 테두리를 그린다 잠과 잠 밖에서 산토끼의 바보가 죽은 것을 불러낸다 기다린다 산토끼의 바보가 사

랑을 한다 산토끼의 바보는 산토끼의 바보니까 연민
의 절정 연민의 정수 산토끼의 바보는 산토끼의 바보
산토끼의 바보 산토끼의 바보

종이비

밤목련의 빛이 눈을 감은 채 환하다
나는 불 꺼진 방에서 종이와 종이와 종이를 펼쳐
놓는다
몰락하는 그릇을 그렸다
부정적인 구름을 그렸다
텅 빈 종이들을 밤의 허공을 향해 불었다
밤의 허공의 종이비
눈부시게 가라앉지 못하는 것들
떠다니는 말과 떠다니는 말과 떠다니는 말들
나는 검은 말을 기다리기로 했다
검은 말을 기다리는 동안
죽은 물고기를 보았다
왜가리의 집중을 보았다
검은 말을 기다리는 동안
부드러운 천을 두르고 형식 없는 춤을 추었다
춤추는 그림자처럼 추고 있었다
두 팔을 벌린다
두 손에 빛이 떨어진다

아직 검은 말이 나타나지 않는다
검은 말은 나타나지 않을지도 모른다
어디선가 무거운 새들이 날아오기 시작했다
새의 깃털로 밤을 가르자 긴 밤이 시작되었다
검은 말을 기다리는 동안
밤의 허공의 말을 주머니에 담았다
밤의 허공의 말이 전망 없는 밤으로 들어간다
검은 말이 지나간다
검은 말은 나타나기도 전에 사라진다

회색 거리

회색 길을 걸어 세상의 끝을 향해 햇빛을 자르고 바람을 자르며 하얀 옷을 입고 검은 눈을 가리고 얼어가는 심장에 종이꽃을 꽂고 종이꽃의 적정 온도는 낮아 사람이 만지면 서서히 타들어가는데 회색 길을 걸어 이상한 모자가 나를 쫓아오고 이상한 모자와 나는 일정한 거리를 유지하고 그것은 모든 상징을 싫어하고 세상의 끝은 상징이 아니라고 하고 무기력한 빛이 쏟아지는 회색 길을 걸어 건널목을 건너 담쟁이 담을 돌아 세상의 끝을 향해 걸음이 빨라지고 심장이 빨라지고 끝과 공원을 쓰기로 했던 우리의 시절은 아름다웠나 영원한 언덕은 어디로 사라졌을까 회색 길을 걸어 햇빛을 자르고 바람을 자르며 이상한 모자와 나의 거리만큼 그리움이 생기고 알 수 없는 그리움이 생기고 그리운 그림자 그림자에 그림자를 더하고 계단도 없고 언덕도 없고 회랑도 없는 회색 길을 펼치며 얇은 공기 얼어가는 심장에 칼을 꽂아 종이꽃의 온도를 올리고 불붙는 종이꽃의 온도를 올리고

마리가 지나간다

트럭이 지나간다. 트럭이 언덕을 데려간다. 기차가 지나간다. 기차가 보이지 않는 곳으로 휜다. 헬리콥터가 지나간다. 헬리콥터가 어떤 감정을 불러낸다. 구름이 지나간다. 구름이 어제의 마음을 몰고 간다. 바람이 지나간다. 바람이 바람을 잊고 날아간다. 봄꽃이 지나간다. 봄꽃이 봄을 넘는다. 개미가 지나간다. 개미가 들판을 펼쳐놓는다. 검은 나비 두 마리가 지나간다. 검은 나비 두 마리의 모습은 존재한 적 없는 시간 같다. 마치 사랑처럼. 언젠가 보았던 아름다운 페이지처럼. 마리가 지나간다. 망아지 망아지 항아리 항아리 두 번씩 발음해본다. 설탕을 쏟는다. 마리가 쓴다. 마리가 지운다. 마리가 마리를 옮긴다. 모래성을 쌓는다. 무기력한 햇빛. 무기력한 햇빛은 황량한 세계와 나를 이어주는 통로다. 눈을 감고 몸으로 들어오는 빛을 본다. 아무것도 아닌 것들이 지나간다. 아무것도 아닌 아름다움에 미쳐간다. 없는 아름다움. 없는 아름다움에 홀려 여기까지 왔는데. 여기는 어디인가. 그저. 고래를 따라간 적이 있다. 밤을 올

라. 사라진다. 사라진 것은 사라진 것인가. 사라진 것은 어디로 가는가. 마리가 지나간다. 주술사의 하염없는 눈빛이 저물어간다. 모래 무덤이 안개처럼 웃는다. 죽은 것이 지나간다. 죽은 것은 불가능한 아름다움에 이끌려 지금 여기에 있다고 했다. 잊을 것이다. 잊지 않을 것이다. 잊기 위해서는 기억해야 해요. 아니 기억하기 위해서는 잊어야 해요. 아마 그건 같은 말일지도 몰라요. 흔들리는 손가락처럼 망설이고 있다. 마리는 망설이면서 하나의 심연을 가진다. 마리가 지나간다. 망각에게 망각의 가능성을 묻지 않았다. 고백하지 못한 말이 부풀어 오른다. 부풀어 오르는 것의 끝을 예감하지 않는다. 지표를 잃고 회전하는 것이 지나간다. 회전하는 것은 결정적인 심장으로 달려간다. 속도를 느끼지 못하는 속도로. 도대체. 언제나. 떨리는 무한. 모서리가 자라난다. 모서리는 무한을 볼 것이다. 왜. 하지만. 다시. 마리가 지나간다. 숟가락 숟가락 눈사람 눈사람 아직도 두 번씩 발음했다. 해가 지나간다. 해가 떨어진다. 달이 지나간다. 달

의 눈이 멀어간다. 모든 뒷면들. 이곳이 지나간다. 이곳이 멈출 때도 있다. 마리가 지나간다. 마리가 신기루 같은 아름다움을 본다.

일요일

연인의 잠을 방해하지 않는 도취된 시간
매일 이상한 잠에서 깨어난다
매일 이상한 잠으로 들어간다
너는 비를 불렀다
하염없는 마음이 비를 안는다
사라지기 위해 젖은 채 다가가고
다가가기 위해 말을 더듬는다
나는 푸른 옷을 입고 다른 푸름을 말했다
너는 푸른 옷을 끌고 간다
느려진다
점점 느려진다
망각을 완성하고 싶은 도취된 시간
얼어붙은 정원으로 들어간다
나는 식물에 물을 주면서 어떤 느낌을 갖는다
너는 백지를 쓰면서 어떤 느낌을 갖는다
들뜬 유리알처럼 속삭이며 입술을 빨며
유일하면서 유일하지 않은 푸른꽃을 기다리며
다른 푸름을 생각했다

그것이 무엇인지 모르지만
그것이 무엇인지 여전히 모르지만
사랑이 불가능한 이곳에 태양이 떨어진다
바닥없는 연인의 잠은 햇빛을 따라간다
다른 푸름 속으로
내일은 사라지는 구름이 된다
태양은 달아나고 푸른꽃을 들고 간다

쌍둥이 미루 어리 나

내가 알래스카를 생각하니 사람들은 알래스카 얘기밖에 안 해요
내가 갈라파고스 거북을 생각하니 사람들은 적도에 가야 한대요
고백이 사라진 장소에서 고백을 시작하는 아이가 있어요
하얀 눈동자 쌍둥이 미루라고 말하고 있는데요
미루는 검은 태양을 종일 바라볼 수 있대요
하지만 아무도 내 말을 들어주질 않아요

어리도 나도 쌍둥이 미루도 알고 있는
말없이 약속 없이 갈 수 있는 곳
까닭 없는 혼잣말을 완성하는 곳
그곳으로 들어가는 눈동자를 떼어줄게요
검은 태양으로 들어가는 눈동자쯤은 나도 갖고 있어요
하지만 아무도 내 말을 들으려 하지 않아요

어리 당신은 죽은 이들의 말을 따라 눈동자를 닦고 있네요
하얀 눈동자 쌍둥이 미루를 보았을 때
뒤로 가는 나는 낯선 이름만 생각했어요
사람들은 움직이는 입술을 보려 하지 않아요
아무도 아무런 말도 들으려 하지 않아요
이제부터 알아들을 수 없는 말만 하기로 했어요

내가 알래스카를 생각하면 사람들은 알래스카 얘기밖에 안 해요
내가 갈라파고스 거북을 생각하면 사람들은 적도에 가야 한댔어요

미아는 장미나무 문을 열었다

지붕 위로 올라간 미아

미아는 지붕 위로 올라갔다
비스듬한 붉은 지붕 위로 올라갔다
지붕 위에서도 역시 할 일은 없었다
지붕 위에서도 역시 할 말은 없었다
쌍둥이 미루처럼 알아들을 수 없는 말만 하고 싶어진다

세상의 끝에서

사람들은 나를 미아라고 불렀다 이상한 미아라고 불렀다
(그렇다면 나는 이상한 미아니까 이상하게 말해야겠구나)
장미나무 문 이야기를 들어본 적이 있니
장미나무 문을 열면 세상의 끝이 나오는 이야기
(나는 이상한 미아니까 이상하게)
세상의 끝
세상의 끝

세상의 끝에서 진화하는 드레스를 입을 거야

진화하는 드레스는 설명하지 않아도 되지

진화하는 드레스는 설명한다고 알 수 있는 게 아니지

미아와 미루처럼 말했다

세상의 끝에서 이상한 숲이 나타날 거야 그곳에서 우리는 춤추고 노래하고 마시고 기뻐하지 그러다 기쁨에 지쳐 쓰러질 거야 진화하는 드레스를 입고 쓰러질 거야 쓰러진 바닥 저편에는 녹색 연못으로 들어가는 희미한 여자가 있었지 극한의 기쁨은 사라지고 그곳에서 우리는 백 년 동안 잠이 들 거야 환하게 환하게 잠을 자면서 꿈을 꾸지 절망적으로 꿈을 꾸지 절대 깨어나지 않을 절대 깨어날 수 없는 꿈을 꾸지 고작 백 년 동안 잠을 자면 되지

월요일

나는 어두운 방에서 시를 쓴다. 커피를 마셨고 레

몬버베나차를 마셨다. 커피와 레몬버베나. 그것들을 발음하면 기분이 좋아진다. 레몬버베나를 심어야지. 로즈마리 라벤더 바질 페퍼민트를 심어야지. 장미나무와 떡갈나무 사이에 네가 있으면 좋겠어. 장미나무와 떡갈나무와 너 사이에 내가 있으면 좋겠어. 신비한 마편초도 없이 바깥으로 나간다. 여름 숲을 지나 여름 골목을 지나 놀이터에 간다. 놀이터에는 하나 둘 셋 넷 다섯 여섯의 고양이가 있다. 아이들이 없는 놀이터에 고양이가 있다. 고양이는 사라졌다가 나타났다가 뒹굴다가 달리다가 멈춘다. 하나 둘 셋 넷 다섯 여섯 일곱 여덟 아홉의 고양이. 너와 나는 구석에 앉아 있었다. 어두워진다. 다시 걷는다. 고양이의 길과 개미의 길과 새들의 길과 한삼덩굴의 길과 산 사람의 길과 죽은 사람의 길을 걷는다. 놀이터는 사라진다. 사라진 것은 너와 나일지도 모른다.

미아의 진화하는 드레스를 생각한다

진화하는 드레스의 흘러내리는 주름 사이로 투명

한 혈관이 비친다
진화하는 드레스의 폭발하는 혈관이라고 적었다

깨어진 공기
이지러진 달

월요일

나는 어두운 방에서 시를 쓴다. 비가 내린다. 빗소리를 듣는다. 너는 다른 방에서 빗소리를 듣는다. 퇴폐와 아름다움이 얼마나 가까운지 생각했다. 진심과 거짓이 얼마나 가까운지 생각했다. 창밖을 본다. 비가 곡선을 그린다. 나무가 곡선을 그린다. 바깥으로 나가지 않는다. 술잔도 없이 울음을 구경해줄 관객도 없이. 운다.

사라진 미아는 진화하는 드레스 진화하는 드레스라며 걸어온다 그 모습은 진화하는 드레스를 설명하고 있다

되돌려질 수 없는 시간

계속되었다 계속이 무엇인지도 모르고 계속되었다

이렇게 매일 믿을 수 없는 일이 일어난다
그곳에 눈물처럼 아름답고 헛된 것이 있다

장미나무 문을 열면 나를 닮은 무언가가 있다
미아는 장미나무 문을 열었다

미아는 밤부 밤부 노랫소리를 따라 밤의 모서리로 들어간다

지붕 위로 올라간 미아는 방파제를 보고 있다. 아무도 없는 방파제를 보고 있다. 미아는 들판과 방파제와 지붕에서 보는 풍경을 좋아했다. 언덕과 층계참과 소파에서 보는 풍경을 좋아하듯. 지붕 위의 빛을 따라가거나 언덕과 들판을 발음하거나 구석진 소파에서 창밖을 보는 일처럼 무작정 좋아했다. 이유는 알지 못했다. 단지 그곳에서는 아무것도 아닌 것들을 생각하기 좋았다. 하염없이 하염없이 생각하기 좋았다. 이렇게 아무것도 아닌 것에만 홀리는 마음을 너에게 말하고 싶다. 미아는 지붕 위에서 아무도 없는 방파제를 보았다. 아무것도 아닌 것들이 떠 흐른다. 아무것도 아닌 것들에게 이름을 붙여주는 시간. 세상에서 가장 소중한 일을 하고 있다는 듯이 밤부 밤부. 장막을 두른 기억이 펼쳐진다. 검푸른 밤으로 달려가고 밤의 빛을 튕기며 달려간다. 밤부 밤부 뜻 모를 노래를 부르며. 밤부 밤부 뜻 없는 뜻을 가지며. 백지에 빛이 쏟아진다. 벽 위로 검은 선이 그어진다. 풍경이 사라진다. 하얀 점 속으로 빨려 들어간 늘어난 것의 빛나는 달아남. 되풀이되다. 자라나다. 미아는 밤부 밤부 이상한 노랫소리를 따라 밤의 모서리로 들어간다.

R의 드릴

당신이 문을 열고 이곳에 들어왔을 때
암스테르담의 잿빛 하늘이 떠올랐어요
알래스카나 아이슬란드도 상관없지만
진실한 이야기는 언제나 즐거워 암스테르담이죠
암스테르담은 코펜하겐이나 츠가루나 삼척만큼 멀었지만
푸른 불빛
21－22 사이
스위트피를 들고 등장할 여자를 기다리며
나타나지 않을 그리운 여자를 그리워하며
어둠에서 어둠까지 암스테르담으로 갔지요
한 번도 가지 않은 암스테르담으로 갔지요
그곳에서 기쁨과 슬픔이 얼마나 가까운지 말할 거예요
그곳에서 질문과 대답이 얼마나 가까운지 말할 거예요
그리고 무엇이든 모르겠다고 하는 사람의 말을 믿어도 될지

진실한 암스테르담에게 물을 거예요
푸른 불빛
21－22 사이
이미 믿음은 쓸모없는 물건 같아요
아무것도 모르겠다고 되풀이하는 당신은 진실한 암스테르담 같아요
여전히 아무것도 모르겠다고 하는 당신은 진실한 암스테르담 같아요
어둠에서 어둠까지
이게 아니다 이게 아니다라고 울면서 달렸어요
고통은 매일매일 자라나 깊고 깊은 강물을 만들고
당신의 그물에는 물고기 하나 없이 시간만 메말라가네요
암스테르담에서는 푸른 눈물을 흘리겠지요
암스테르담에서는 뱃사람들이 울고 항구가 울고 해변이 울고 푸른 눈물을 흘리고 푸른 눈물을 돌려 실을 잣고 푸른 실로 영원한 그물을 짜겠지요
이게 아니다 이게 아니다라고 달리며

어둠에서 어둠까지 암스테르담이에요
당신을 처음 보았을 때
암스테르담의 잿빛 하늘이 떠올랐어요
인연이에요 인연 서러운 인연이요
당신은 무척 쓸쓸해 보여요
R의 드릴이 필요해지는 순간이에요
정수리에 구멍을 뚫어줄게요
아주 작은 구멍이라 아픈 줄도 모를 거예요
매 순간의 낙차가 자연스러워지고
기억을 앓는 가슴이 가벼워질 거예요
그것은 우리의 꿈이에요
그것은 독버섯처럼 화려하지요
내일은 죽을 거라는 문장처럼 화려하지요
한 번도 가지 않고 매일 가는 암스테르담에서
R은 가운을 입지 않는답니다
대신 램프가 달린 헬멧
왼손엔 연필 오른손엔 드릴을 들지요
R의 드릴은 소리부터 달라요

지금껏 앓아온 기억은 어디론가 날아가죠
무지개 너머 무지개의 그늘을 바라보는 곳
잔인한 서러움이 군무를 추는 곳
암스테르담의 잿빛 하늘을 닮은 곳
내일은 죽을 거라는 문장처럼 화려한 슬픔이 있는 곳
새로운 기억이 화려한 그물을 짜는 곳
코펜하겐에서는 왕관을 쓰고 편지를 쓰고
츠가루에서는 미쳐버린 채 너를 사랑하고
삼척에서는 모든 감각을 소진하며 소리 없이 울고
진실한 암스테르담에서는 푸른 눈물을 흘리겠지요
어둠에서 어둠까지 암스테르담에 갔어요
R은 가운을 입지 않는답니다
대신 램프가 달린 헬멧
왼손엔 연필 오른손엔 드릴을 들지요
R의 드릴은 소리부터 달라요
이제 당신의 기억을 데려갑니다
…………………………………………
…………………………………………

무언가가 그리워 또다시 그물을 짜고 있어요
어둠을 덮고 어둠을 흘리고 어둠을 길어 올리고
어둠에서 어둠까지
푸른 불빛
21-22 사이
기쁨과 고통 속에서 흔들리는 것 말고 무엇을 할 수 있을까요
어쩔 수 없는 일을 한없이 바라보는 일 말고 무엇을 할 수 있을까요
인연이에요 인연 서러운 인연이요
너와 내가 무슨 인연으로 만났는지의 서러운 인연이요
한 번도 가지 않은 채 매일 가는
어둠에서 어둠까지
진실한 이야기는 언제나 즐거워 암스테르담이죠
R의 드릴은 소리부터 달라요

거품섬

어제 나는 밤을 떠나 한없이 떠다녔다

목적 없이 떠다니는 일은 슬펐는데 슬픔을 모른다면 아무것도 알 수 없는 거라는 생각이 들었다. 슬픔은 어떻게 오는 걸까. 나무 위에서 내려오지 않는 소년과 아무도 없는 방파제에서 내려오지 않는 소녀를 상상한다. 어린 시절 어제의 사랑 어제의 이별 허기 그리고 죽음을 닮은 몇 개의 단어들. 나도 모르게 나보다 먼저 도착해 있는 감정들. 오늘은 상상력을 사용하고 싶지 않다고 얼룩을 새기듯 쓴 적이 있다.

나뭇잎 그늘 사이의 햇빛 자리
물 위의 물비늘
폐허가 된 들판에 서 있는 마음으로 너를 바라본다

불면의 밤을 지나 확장된 기억을 지나 순수한 입술을 지나 추상적인 슬픔을 지나 오늘의 슬픔을 지나 찢어지는 고통을 느끼며를 지나 고아의 하늘을 지나 창백한 종이를 지나 헐벗은 언어를 지나 너와 듣던 노래를 지나 너와 보았던 일렁이는 빛그림자를 지나 빛나고 흔들리는 것들이 마음을 두드린다. 말할 수 없는 것들이 가라앉지 못하고 있다. 아름다움을 받아들이는 법을 모르는 아이가 쓰러진다. 무모한 방식으로만 내내 아름다움을 보고 느끼겠다는 목소리가 들려온다. 과도한 감정이 흐른다. 회전하는 무늬. 회전의 무늬. 거리를 바라본다. 과도한 감정이 소용돌이처럼 흐른다. 그것은 아무것도 하지 않겠다는 결심과 다르지 않다. 문득 슬픔에 의심이 드는 순간이 있지만 그래도 슬픔에게 이유 같은 건 묻지 않기로 했다. 그 대신 햇빛과 수국을 들고 너의 뜰에 가도 되겠느냐고 물었다.

너는 보이지 않는 너다
너는 투명한 구슬이 정지하듯 쏟아지는 보이지 않는 계단을 본다

어제 나는 밤을 떠나 길고 아름다운 줄에 매달려 흔들리는 사람들을 보고 싶었다

흔들리는 눈빛을 만나면 세상에서 가장 아름다운 건 슬픔이라고 말해야지. 목표가 생겨서 기뻤지만 아직 슬픔이 어떻게 오는 건지 알 수 없었다. 부엉부엉 부엉이 울음소리를 내며 흔들리는 눈빛을 기다려야지. 부엉부엉 부엉부엉. 이유를 모른 채 부엉부엉. 이유 없이 부엉부엉. 얼마나 더 부엉이 울음을 울어야 흔들리는 눈빛을 만나게 될까. 섬세한 불안에 떨고 있는 심장이 연약한 아름다움과 만나는 지점에서 줄을 긋고 있는 아이. 줄이 반복되는 무늬를 만드는 이야기. 반복적인 무늬가 줄을 끌고 가는 유령을 닮은 이야기. 보이지 않는 줄을 보는 이야기. 보이지 않는 것만 보는 이야기. 슬픔이 오는 통로에서 흔들리는 눈빛을 기다리는 이야기. 그것으로 시작하는 문장. 그것이 늘어나 소실점으로 들어간다는 문장이 어제의 종이 위에 일렁이는.

멀어진다 멀어지고 멀어지는

가까워진다 가까워지고 가까워지는

자꾸 안을 향하는 마음이 마음의 안을 두드린다.

흰 수염들이 연주하는 아코디언을 듣는다. 그때를 듣는 시간. 그때가 늘어난다. 문득 어떤 감정이 무너지고 쌓이며 아니 무너진 것도 쌓은 것도 없고 오랫동안 그 자리에 있던 것들. 지나가다. 왼쪽에서 커피가 식어간다. 오른쪽에서 그때가 떨어진다. 그때가 걸어간다. 형벌처럼 다시 순간의 감정에 빠져드는 시간. 순간의 진실이 늘어나는 시간. 순간을 늘리려는 정서를 정면으로 바라봐야 하는 시간. 죽음을 닮은 시간. 거짓 없는 진심과 진심 없는 거짓의 가능성을 생각하는 불가능한 시간.

너에게 길을 선물해주겠어

너에게 귀뚜라미와 안개를 갖다 주겠어

아무리 바보 같은 말이라도 계속해야 한다고 누군가 중얼거렸다. 나는 기분이 좋아져서 보이지 않는 너에게 밤바다의 파도를 보러 가자고 했다. 대답을 기다리는 대신 서커스 음악을 좋아하느냐고 물었다. 불가능한 사랑만 꿈꾸는 자의 소식을 물었다. 그것은 너무 아름다워 말하지 않는 것이 좋다고 한다.

물 위를 떠가는 도깨비불을 안은 목각 인형

하얀 거품이 쏟아내는 무서운 이야기. 검은 밤바다 위의 하얀 거품처럼 무서운 이야기. 가까워졌다 멀어지는. 멀어졌다 가까워지는. 포말 포말 포말 포말. 아름다움에 취한 무한을 닮은 무서운 이야기. 무한을 느끼는 순간을 지속할 순 없지만 반복 말고는 우리가 할 수 있는 건 없다고 느꼈다. 그것은 너무 가볍거나 무거워서 무게를 느끼지 못한다. 불안한 눈동자가 바라보는 무한한 헛것들. 슬픈 헛것들. 허깨

비를 노래하는 아름다운 시인들. 아름다운 시인들이여 무한을 노래해다오. 슬퍼하지 말라는 말처럼 슬프게 슬프게. 한 칸씩 이동해줄 테니 가볍게 가볍게.

없는 너는 없는 들판 없는 언덕 없는 구름 없는 아름다움 없는 두려움
없는 너와 없는 계단을 올라 없는 감각 속으로 없는 거리를 떠다니며

어제 나는 밤을 떠나 유랑하는 자의 먼지 같은 슬픔을 보았다

슬픔이 어떻게 왔는지 보이지 않는다. 뒤돌아보면 보이지 않아도 눈을 감으면 되살아나는 것이 있다. 먼지 떠다니는 다락방 달빛 흰 목조 계단 12월의 코타츠 아래 떨리는 다리 유리 조각 위를 맨발로 다가가는 절정. 아름다움이란 단어조차 잊은 절정. 언제나 보이는 것은 보이지 않는 것들이라고 말하자 너

는 나를 사랑한다고 말했다. 일제히 슬픔이 떨어지고 있었나. 무언가 꿈처럼 이동한다. 오랜 꿈처럼 이동한다. 보이는 것과 보이지 않는 것이 동시에 허물어지고 있다. 허물어지는 것이 도달하는 곳은 어딜까. 말하지 않을 때 더 많은 말을 하고 있다는 건 믿지 않았다. 그러나 말하지 않은 말만이 진짜 말이라고 누군가에게서 들었다.

그것이 소실점을 끌고 간다

오래된 불면과 검은빛에 확장된 눈동자가 그려내는 것들. 노을빛에 진창의 느낌이 그려내는 것들. 모든 뒷면들. 잃어버린 뒷면들. 그런 건 없다. 그런 건 없다 해도 되살아나는 뒷면들. 너와 나의 거리를 잴 수 없다고 햇빛처럼 달렸다. 비명처럼 비명처럼. 수없이 떠다니는 밤과 낮을 지나 깊은 우물 아래에서 조작되는 기억을 지나 조작된 기억들이 쏟아내는 무섭고 아름다운 이야기를 지나 표류하는 얼어붙은 입김을 지나 환하게 부서지는 연인들의 벗은 몸을 지나 녹아내리는 태양을 지나 불완전한 너처럼 끝없이 저물어갈수록 어떤 정수에 다가가는 것 같았는데 흔들리는 눈빛처럼 허공에서 내려오고 싶지 않았다. 슬픔은 말하지 않고도 슬픔이 되고 있었다.

봄을 걸어간다

죽은 사람 앞으로 편지가 도착했다. 편지가 도착하자 이내 봄이 시작되었다. 봄이 쏟아져 내린다. 나는 어디론가 멀어지고 있었다. 멀어진다보다 더 멀어지고 있었다. 흐르는 봄. 죽은 사람의 이름이 적힌 편지가 도착하자 이상한 봄이 시작되었다. 봄의 한낮. 무작정 봄을 걸었다. 벚꽃 살구꽃 목련을 쳐다본다. 과도한 봄나무 같은 하얀 기억이 걸어간다. 제발 잊으라며 잊으라며 걸어간다. 헬리콥터가 날아간다. 봄의 감정이 흩날린다. 회전문 앞에서 멈춘다. 투명 엘리베이터를 타고 올라갔다 내려온다. 목적 없는 표정이 걸어간다. 전시장의 무거운 나무 문을 열고 나선형 계단을 올라간다. 검은 화면들이 있다. 텅 빈 얼굴들이 움직인다. 텅 빈 말들이 지나간다. 전선이 흔들린다. 모자를 던진다. 스톱워치를 누른다. 시간이 멈춘다. 추억하지 않는다. 검은 화면 하나에 얼굴들과 검은 화면 하나에 글자들이 지나간다. 크리스 마커를 나온다. 봄이 들린다. 봄이 떠다닌다. 죽은 사람의 말 없는 아름다움을 말하며 봄나무로 들어간다. 제발 잊으라며 잊으라며 뛰어갔다. 해가 진다. 봄의 소음이 들린다. 오늘 밤 봄의 망각을 완성할 수 없는 나는 밤의 목련처럼 추락한다. 마지막 온기를 간직한 죽은 사람처럼 아름다운 봄밤. 나는 창백하고 아름다운 봄밤에 사라질 것이다. 봄밤에 취해 불행한 수풀이 우거진 숲으로 들어갈 것이다. 무언가 멈추고 무언가 흘러가고 무언가 떠나간다. 환한 눈이 떨어진다. 흩어지는 이름들 사이로 그늘이 떨어진다. 봄밤의 진동이 느껴진다. 죽은 사람의 이름이 적힌 편지가 도착하자 봄이 시작되었다. 나는 어디론가 멀어지고 있었다. 멀어진다보다 더 멀어지고 있었다. 세상의 모든 말에 그림자가 걸어간다.

하지의 노래

그녀의 화단에서 소꿉놀이를 하며
아무도 없는 바다 위의 하얀 깃발을 그리며
손바닥 위로 떨어지는 눈송이처럼 하얘지며
말할 수 없는 감정을 느끼고

그의 책들을 꺼내 읽으며
하염없는 문장 속에서 나오지 않으며
없는 사랑 없는 아름다움에 빠져 들어가며
말할 수 없는 감정을 느끼고

하나의 감정에 하나의 감정에 하나의 감정이

비올라의 검은 지판 위에 아름다운 왼손이
말총으로 만들어진 활에 아름다운 오른손이
도솔레라 도솔레라 활털은 시베리아 말총이 좋아요
개방현 소리가 좋아 악보 없이 온종일 활을 그었다
천천히 천천히 천천히는 어렵지요
운지법을 기록하고 말할 수 없는 감정을 기록하고

감정에 실패하고 감정의 기록에 자주 실패하고
나는 점점 말하는 법을 잊어가고
이대로 말하지 않아도 좋을 것 같은데

물고기 호흡을 연습합니다
말하지 않은 말이 달려갑니다

소리 없는 목소리로 말하고
뜻 없는 신호처럼 말하고

감정적인 종이가 떨고 있습니다
구름과 구름이 언덕을 펼칩니다

운지법부터 말할 수 없는 감정까지

헐벗은 말이 헐벗은 말을 쌓고
초연한 나무와 초연한 나무를 기다리고

하나의 감정에 하나의 감정에 하나의 감정이

오래오래 해를 보았다
그에게 음악을 들려주었다
할머니와 커피를 마셨다
돌이킬 수 없는 것이 혼자 걸어가는 밤
아이들은 각자의 언덕을 그리며 완벽한 꿈을 꾸었다
아득한 언덕이 펼쳐진다
풍경을 질투하고 죽은 사람을 사랑했다

다른 말을 기다렸다
불가능한 시를 쓴다

하루

흐린, 기억나거나 기억나지 않는, 기억들, 불면을 지나, 그리움을 지나, 6시 21분, 하지의 숫자, 나는 해가 길어지는 하지에 긴 산책을 한다, 작은 우연들, 우연은 나와 같이 밤을 걸어가고, 지난밤, 슈베르트의 밤과 꿈, 지나치게 섬세하고 불안한 밤과 꿈을 지나, 겨울 아침, 물이 다 끓었다, 코발트빛 잔에 커피를 따른다, 아직, 밖은 어둡고, 간밤의 온기는 사라지고, 감정의 과잉 상태는 깊은 바다로 돌아갔다, 겨울 공기, 책상 위 노란 불빛, 단순한 일기를 쓰다가 단순한 아름다움을 생각한다, 사티의 녹턴을 튼다, 좁은 방, 페치카 앞의 사티, 사티의 그림, 그림 속의 검은, 멍하게, 멍하게 어딘가를 응시하는 눈빛, 겨울, 어떤 감정이 생기고, 창밖을 내다본다, 비틀대는, 어둠을 걸어가는 한 사람, 굴뚝 위의 하얀 연기, 겨울 풍경, 차가운 숨, 물밀듯, 밀려오는, 기억의, 물결, 무언가를 바라보기 시작할 때 슬픔이 시작되고, 문득, 트라클, 트라클의 트럼펫, 어두운 얼굴, 모르핀, 코카인, 하녀의 등불, 썩은 복도, 썩은 복도를 달리는 개,

종소리, 쇠망, 몰락, 남매의 떨리는 눈빛, 이렇게 나열은 나를 조금 기쁘게 한다, 흐린, 눈이 오면 드뷔시를 들을 것이다, 눈 위의 발자국을, 눈 위의 발자국을 들으며 눈 위의 발자국을 지우는 눈을 보고, 눈 위의 발자국을 지우는 눈을 쓴다, 이것은 아무것도 아니다, 아무것도 아니지만 밤새 눈 위의 발자국을 생각했고, 눈 위의 발자국을 지우는 눈을 생각했다, 나는 겨울을 쓸 수 없지만, 부디, 아름다움을, 당신들과 나의 아름다움이 같을 수는 없겠지만, 각자의 아름다움을 완성하기 위해, 또다시 끝없는 바다로 돌아가고, 희미한 박명, 이른 아침에 어떤 걱정을 하는 대신 걱정이라고 종이에 적어본다, 물끄러미, 걱정은 격정인가, 걱정 격정 격랑 격양, 걱정은 격정이다, 격정은 격랑이다, 격랑은 격양이다, 무리하는 슬픔, 그리고 여전히 이름만 생각하는 슬픔, 풀 건초 더미 젖은 숲 야생 딸기 고래 울음 미루나무 비단 구두 서진 서표 아이슬란드의 봄 쇄빙선 절대영도 달 윤슬, 이것들을 천천히 발음하는 입술, 객관을 모른다는 입술, 벌거벗은 입술에 대한 생각을 멈추지 않는다, 숲으로 들어간다, 빛으로 들어간다, 어떤 감각을 되풀이하고, 잡을 수 없는 것을 따라 바다로 들어간다, 어리석은 감정을 좋아하듯, 벌거벗은 입술을 좋아하고, 나는 벌거벗은 입술을 쓸 수 없지만, 오늘, 잊고, 쓴다, 흐린, 피아노의 다음 소절, 거의 기억하는, 10시 29분, 고래만 다니는 길을 보았다, 믿을 수 없는 이야기가 시작된다, 결정적이고 쓸모없는, 늘, 그렇게 이야기는 시작되고, 모든 정든 시든 추억, 추락하는 추억과 맴도는 언어 사이, 사라지고, 되살아나고, 텅 빈 겨울, 전화벨이 울린다, 아침 전화는 받지 않는다, 점점, 고래 이야기에 빠져 들어갔고, 길을 잃고, 빛나는, 고래만 다니는 길이 있었다는데, 잊을 수 없는, 도무지 잊을 수 없는, 도대체 내가 할 수 있는 일이 무엇이냐, 언제까지 내 말을 들어주겠니, 차라리, 우리, 샌들우드 제라늄 로즈마리 유칼립투스 바질, 잊고 싶어요, 정말 잊고 싶어요, 이 기억들이 데려가는 곳에서, 잊고, 나는 쓴다, 계속, 음악을 튼다,

터키행진곡을 치는 굴드, 굴드의 허밍은 너무나 유명해서 조금 서운했지만 유명한 게 전부 싫은 건 아니다, 페달을 자제한 피아노 소리가 좋다, 반복해서 듣는다, 알라 투르카 알라 투르카 느린 알라 투르카, 너는 오늘 하루가 이 음악 같았으면 좋겠다고 말했고 나는 오늘은 노르웨이 노르웨이라고 말했다, 그저, 아름다움을, 방에서 온 우주를 떠돌던 시절을 지나, 달아나는 순간의 순간의 순간의, 어떤 느낌이 쌓이고, 흐린, 12시 1분, 잊을 수 없고, 그래도 잊고, 사과 토마토 버섯 치커리 미역국, 밥을 먹고, 부엌에 서서 어떤 이미지를 떠올린다, 겨울의 이미지, 겨울의 이미지에 필요한 이미지를 잊는다, 눈이 온다, 모든 것이 멈춘다, 어떤 미래의 풍경처럼 눈이 온다, 무너진다, 모두, 어디선가, 어딘가에서, 오늘의 걸음을 걸으며, 오늘의 대화를 하며, 오늘의 비밀을 안고, 각자의 방은 저 깊숙한 곳에 숨겨둔 채, 한없이, 끝없이, 침잠하는, 현대적인 사람들로 살아갔다, 흐린, 기억나거나 기억나지 않는, 기억들, 불면을 지나, 그리움을 지나, 사랑한다고, 함께 죽자고, 삶과 죽음이라는 단어처럼, 아픈, 늙어버린 돌멩이, 어떤 정서를 만들고, 애초에, 현대적인 표정은 가능하지 않았고, 오늘의 노래는 끝을 향해 가고, 스치듯, 어렴풋한 꿈처럼, 무서운 꿈처럼, 하루가 흐르고, 겨울의 빛, 겨울 공기와 버려진 소파, 버려진 소파 위의 고양이, 은밀히, 죽은 사람을 기다리고, 잊지 못하고, 공중에 눈길을 매어둔 채, 이야기를 했고, 어디에도 이야기는 없었고, 달려갔고, 던졌고, 흐르지 못하는 채 흐르고, 이대로 계속 가다 보면, 알 수 없었다, 아직도, 무언가, 가슴이, 툭, 떨어진다, 떨어진 그 자리에서 언젠가 푸른꽃이 피어날 것이다, 오직, 잊고, 피어나 피어나, 경계 위에서 피어나는 죽은 꽃, 어떤 욕망들, 슬픔 따위, 사라지지 않을, 끝내, 결국, 시를 썼고, 책을 읽었고, 음악을 듣고, 창문을 열고, 겨울의 찬 공기를 마시고, 청소를 하고, 빨래를 하고, 남천 벤자민 마지나타 떡갈나무에 물을 주고, 눈물이 흐른다, 거울을 본다, 자주 두 번씩 말했다, 흐린, 4시 22분, 잊고, 쓴다. 이제 가사가 있는 노래를 튼다. 루 리드와 픽시스와 엘리엇 스미스를 듣는다. 그다음 노래들은 비밀이다. 이렇게 비밀은 아무것도 아니다. 아무 새소리가 들리지 않는다. 이곳엔 나무 나무가 없다. 겨울의, 봄의, 사무치는, 작별 인사를 나누지 못한 봄밤에 하나둘, 우리는 미쳐갔다. 해가 진다. 지는 해를 어쩌란 말이냐. 정말 느낌 말고는 아무것도 없는 걸까. 굴로 들어갔던 아이처럼, 불가능한 불꽃을 향해 뛰어드는 순정처럼, 제발, 아름다움을, 온통 고통 속에서, 온통 그리움 속에서, 검은 물로 들어가기도 하며, 검은 태양으로 들어가기도 하며, 쏟아져 내린다. 홀로, 눈을 감고, 모두, 잊고, 잊지 못하고, 노래는 계속 흐르고, 너는 오늘의 날씨와 어울리는 노래들이라고 말했고 나는 느낌이 전부였던 시절을 기억한다고 말했다. 흐린, 겨울, 어떤 시절이 지나간다. 미지의 마지막처럼, 그날의 사랑처럼.

이랑의 알래스카

안개 이불 심장 블루베리. 화요일의 불길 같은 보라색을 보며 네가 들어간 불꽃 속 같은 보라색을 보며 울었다. 지칭개 쥐꼬리망초 주전자 단호박수프. 묽고 노란 액체를 저으며 네가 좋아한 수풀을 닮은 수프를 먹으며 울었다. 어느 날 밤을 새고 아침이 되었을 때 아침이란 단어 참 예쁘구나라고 쓰고 한참을 울었다. 보고 싶다. 그가 너무 보고 싶다. 그래서 만두 단팥죽 미나리 아욱국. 모나카 모찌 옥수수 체리. 아무렇게나 낱말들을 나열하며 속으로 숫자를 세며 서성거린다. 너는 시를 쓰는구나. 그리고 기억이. 자꾸만 어떤 기억이. 뱉어. 싫어. 그래도 뱉어. 아스팔트 위의 깨어지는 사탕. 사탕 조각은 수천 개. 9천 9백 개의 빛. 모든 빛은 아름답고 슬프다. 밤의 아스팔트 위의 부서진 사탕. 사탕의 결정. 불쌍한 사탕 불쌍한 사탕. 집에 가면 다른 사탕을 줄게. 달콤하고 달콤한 사탕을 줄게. 달콤한 건 서러운가. 신호가 바뀌고 길을 건너며 얼음 모서리 휘파람새 벚꽃. 자전거 강아지풀 삼나무 물고기. 맥락 없이 낱말들이 떠올랐다. 맥락 없음은 즐거운 놀이 같구나. 즐거움은 서러운가. 밀가루와 찬물을 섞어 반죽을 치대다. 밀가루가 덩어리가 되어가고 덩어리는 섬처럼 슬프다. 아침의 안개비. 저녁의 안개비. 오늘 저녁은 수제비를 먹어야지. 여린 사람들을 떠올리며 잠깐 울어야지. 속으로 숫자를 세며 무언가를 하염없이 기다리는 이유를 말할 수 없다. 아니 말할 수 있다. 아니 아무 말이나 마찬가지다. 그러니까 나무 단추 호두 고무. 가루 마루 미루 하루. 그루 자루 빗자루 신기루. 언덕 들판 구름 담요. 네가 흔들리던 이야기처럼 어떤 낱말들에 끌리는 마음을 그냥 내버려두기로 한다. 가끔만 반성하자고 생각했다. 아침엔 아침의 감정이. 저녁엔 저녁의 감정이. 너는 시를 쓰는구나. 그리고 기억이. 자꾸만 어떤 기억이. 비로소 다시. 비로소 그때. 낯선 새를 부르고 낯선 고양이를 부르고 낯선 덧창을 열고 낯선 덧창을 닫고. 불안한 몸이 떨린다. 두꺼운 책을 가슴 위에 올려둔다. 슬픔을 누르고 불안에 커진 동공을 방치하고. 어쩔 수 없는 일을 온몸으로 느끼고.

흐릿하고 분명한 감각이 슬픔을 만들고. 슬픔은 무엇이 되었나. 흐르는 기억. 공원의 늑대들이 이동한다. 죽은 사람이 찾아온다. 아득한 종소리. 아침엔 그의 나무로 간다. 저녁엔 죽은 사람의 노래를 듣는다. 순수한 목소리. 순수한 감정. 죽은 사람을 사랑하고 우리는 친구가 되었지. 술을 마시며. 오늘 밤의 습기를 느끼며. 나란히 인공 숲을 바라본다. 이랑의 알래스카 이랑의 알래스카. 너는 시를 쓰는구나. 그리고 기억이. 자꾸만 어떤 기억이. 아프면 더 보고 싶어지는 그의 물건들. 보잘 것 없는 것들. 유품처럼 이상하고 이상한 것들. 내일은 그를 보러 갈 것이다. 어지러운 바닥에서 그의 나무까지. 아침의 마음에서 저녁의 마음까지. 마음과 마음을 가지고. 마음과 마음을 지우고. 슬픔이 되어. 온통 말인 말로. 말이 아닌 말로. 너는 시를 쓰는구나. 시를 쓰는구나.

과테말라 고사리

말을 타고 바깥으로 나갔다. 바깥을 그릴 수 없어서 바깥은 없었다. 바깥으로 나가기 위해 안을 그렸다. 안을 크게 그렸더니 안은 더 넓어졌구나. 이렇게 넓어진 안에서 무엇을 하면 좋을지 모르겠구나. 사라진 사람들. 그날 밤 어디론가 사라진 사람들. 사라진 그들은 과테말라 고사리를 찾아 떠나갔다고 했다. 과테말라 고사리라니 그게 다 뭐야. 그런 건 없을지도 몰라. 죽은 나무에 물을 주는 절정처럼. 녹색 들판을 뛰어가는 절정처럼. 과테말라 고사리. 뜻 없는 뜻 같은 건 더 이상 말하기 싫지만. 있으면서 없고 없으면서 있는. 과테말라에 가면 과테말라 커피를 마실 거예요. 과테말라에 가면 과테말라 노래를 부를 거예요. 봄바람 같은 목소리로 노래를 불러주세요. 아래로 너무 아래로 내려가진 마세요. 과테말라에 가면 과테말라 고사리가 있을까. 과테말라 고사리는 어디에나 있고 어디에도 없나요. 말을 타고 바깥으로 나갔다. 바깥을 그릴 수 없어서 바깥은 없었다. 바깥으로 나가기 위해 안을 그렸다. 안을 과감하게 그렸더니 안은 더 선명해졌구나. 과테말라 고사리처럼 무작정 선명해졌구나. 바깥이 생기기도 전에 안은 자꾸만 넓어진다. 이렇게 자꾸자꾸 넓어지다간 터져버리겠어요. 그래도 하염없이 과테말라 고사리. 네모를 그리면 네모가 동그라미를 그리면 동그라미가 되는. 바깥 없는 바깥에서. 자꾸만 넓어지는 안에서. 그것은 숲처럼 거대해져요. 숲의 거인은 유일한 과테말라 고사리를 기다리고 있어요. 말을 타고 바깥으로 나갔다. 눈이 깊어진다.

일요일

어떤 순간이 정지할 때도 있어. 영원의 정지. 그게 뭔지 잘 몰라도 그런 게 있어. 연인의 잠. 그게 뭔지 잘 몰라도 연인의 잠을 자고 싶어. 죽음으로만 완성되는 사랑이야. 그런 건 없어. 그래도. 모든 그래도가 문제여서 그래도의 여운을 따라가는 어리석은 시인이 되었나. 매일매일 지는 해를 바라보며 알 수 없는 슬픔으로 들어갔다. 사라지는 순간들을 붙들고 울고 싶어. 모두 잊어야 한다고 했다. 일요일과 햇빛. 기억과 기억. 모두 잊어야 한다. 저 길 끝에는 뭐가 있을까. 모종의 두려움을 느끼며 보이지 않는 곳으로 걸어갔다. 푸른 옷을 입고서. 할 말이 없어지도록 아름답게 아름답게 걸어가고 싶었다. 느리거나 보이지 않는 속도로. 모두 잊어야 한다고 했다. 그러나 나는 헛꿈을 쫓는 나비가 될래. 떨리는 눈빛이 될래. 맹목적인 펭귄이 될래. 까닭 없이 절정을 느끼는 가슴과 가슴. 무언가 지속하며 무언가 흘려보내며. 추방당하기 전날의 왕의 옷자락처럼 흔들리며. 오늘의 사랑 오늘의 절망. 모두 잊어야 한다. 구름 위를 걷는 것처럼 땅이 푹푹 꺼지기도 했다. 정면의 벽이 전진하기도 했다. 그래도. 숨이 멎을 것처럼 웃기도 했다. 너의 손을 잡고 춤을 추기도 했다. 새벽마다 새로 쓰는 유서는 없었다. 영원한 언덕. 작고 동그란 언덕에 있었다. 나란히 아름다운 크레인을 보았다. 아름다운 책 다섯 권을 꺼내 다섯의 22페이지를 읽는다. 모두 잊어야 한다고 했다. 잊히지 않는다. 오리야 오리야 괜찮다. 다 괜찮다. 술이나 마시자. 햇빛이 있다.

아침

어슴푸레한 빛. 불 켜진 방은 환하다. 쓰레기차가 지나간다. 귀뚜라미 소리는 없다. 빗소리도 없다. 파도 소리 같은 자동차 소리가 들린다. 그곳의 파도 소리를 녹음하지 않은 것을 후회한다. 후회는 쌓인다. 후회는 후회를 잊는다. 후회는 후회를 쌓는다. 새소리가 요란해진다. 피아노 소리 들린다. 마루에서 부엌까지 걸어가면서 메조스타카토의 적당한 길이를 생각했다. 적당은 없었지만 적당은 있었다. 물을 끓인다. 과테말라 21g. 눈물 날 정도로 맛있는 커피. 그와 나는 마주 보고 앉아 있었다. 서로의 마음을 안다는 듯 마주 보고 있었다. 착각과 거짓만이 유일한 희망 같기도 했다. 아니 그런 건 없다. 그럴 것이다. 오늘 쓴 문장 어디에도 아름다움은 없다는 너의 문장은 아름다울 것이다. 환해진다. 검은 숲이 환해진다. 불을 끈다. 첼시 호텔을 듣는다. 이젠 첼시 호텔을 들어도 별로 첼시 호텔에 가고 싶지 않다. 단지 어떤 감각들. 흐려지며 분명해지는 것들. 죽은 사람이 벚나무 아래를 지나간다. 그를 붙잡을 수 없었다. 그는 봄에도 장갑을 꼈다. 장갑 낀 손으로 커피 잔을 들고 담배를 피우고 무언가를 적었다. 그를 기억한다. 물을 끓인다. 케냐 22g. 눈물 날 정도로 맛있는 커피. 안녕, 잠에서 나온다. 안녕, 잠으로 들어간다. 미명과 사양을 착각한다. 부서지는 웃음. 환하게 환하게. 선데이 모닝을 듣는다. 아침의 선물. 아침의 속도. 불안한 숨을 몰아쉬는 나의 숲. 이를 닦는 너의 숲. 우리들의 결정적인 숲. 우리들의 불가능한 숲. 이런 아침에 우리라는 단어를 고민하고 싶지 않다. 잠과 잠 밖에 해가 있다. 젖은 목소리를 말린다. 목소리 안의 목소리. 목소리 밖의 목소리. 목소리가 쌓인다. 벽면의 그림자가 어둠을 닫는다. 서쪽에는 그가 살고 있다. 눈물 나게 아름다운 그가 살고 있다.

지나가는 사람

커피 공장의 컨베이어 위 유리병에는 녹색 나무가 피어 있었다. 커피 공장에는 독일어로 봄꿈이란 이름의 커피가 있고 언덕이 없다. 나는 오늘 소금 사막에서 잠시 정신을 잃고 싶고 물로 들어가고 싶고 여섯 시간 동안 해를 보고 싶지만 분노하는 새들처럼 화를 내지 않고 독일봄꿈을 마시며 시를 쓴다. 미치지 않고 미치는 혼란을 버티고 싶다. 너는 독일봄꿈을 마시며 담배를 피며 시인의 하루를 생각한다. 사선으로 내리는 빛. 책상에는 죽은 자의 책 여섯 권. 차분하기 힘든 상태의 차분함을 연습하고 싶다. 너와 나는 각자의 방에서 숲으로 들어간 사람들을 떠올렸다. 환한 귀기. 어떤 연결들. 아무리 슬퍼도 그곳에서 돌아오지 않은 적은 없다. 흐르는 빛. 죽은 자들을 반복하고 독일봄꿈을 마시며 영감이 넘쳐나는 아침. 분노하는 새들처럼 화를 내지 않고 힌데미트 소나타 듣는다. 흐린. 번개는 없다. 물건과 물건을 옮기는 소리. 가까운 드릴 소리. 앰뷸런스 소리. 개 짖는 소리. 내일은 어떤 의식처럼 국수를 먹고 오래 걷는다. 해를 향해 들어가는 사람들. 점점 눈이 멀어가는 사람들. 눈이 멀어갈수록 이상하게 예쁜 것들이 더 보이고 예쁜 것들을 보면 왜 눈물이 나려 할까. 단단한 정서. 네가 가져다 준 남산제비꽃과 꽃마리를 화분에 심고 물을 준다. 흐린. 번개는 없다. 커피 공장의 컨베이어 위 유리병에는 녹색 나무가 피어 있었다. 커피 공장에는 독일봄꿈이 있고 언덕이 없다. 안녕 안녕 독일어로 인사하지 않았다. 완전한 숲을 생각하느라 무리하는 아침. 분노하는 새들처럼 화를 내지 않고 호퍼의 흰 벽을 펼친다. 그림으로 들어간 사람들. 다시 돌아오지 않는 사람들. 하염없이 기다리는 사람들. 먹먹한 거리를 하얗고 납작한 백을 들고 가는 여자는 하나의 기억이다. 그런 게 있다. 어떤 그림처럼. 약 먹은 톤으로 보이는 것들. 약 먹은 톤이라고 말하면 무슨 말인지 누가 알까. 그래도 그런 게 있듯이. 늙어갈수록 침묵으로 들어가는 사람들. 그러나 사랑. 감탄할 거짓말. 진심 없는 거짓을 본 적이 없다. 완전한 거짓을 완성하고 싶다. 결국 사랑. 사직

단은 언제나 좋았다. 오리나무숲처럼 좋았다. 그곳에서 가장 아름다운 얼굴로 너를 바라보았다. 순간의 순간의 울림 속에서. 옷을 벗고 침대에 누웠다. 집에서 나가지 않았다. 내일은 불가능한 시를 쓰는 손가락을 줍는다. 길을 잃은 곳에서 빛나는 무엇을 보면서. 그곳에서 빛나는 무엇을 본다고 느끼면서. 풀을 심었다. 흰 벽을 그렸다. 끝없이 늘어나는 것을 바라본다.

끝

숲숲 소리가 들리던 공원을 떠올리며 어쩌면 지금 끝에서 끝으로 가고 있는 걸지도 모른다고 생각했다. 어두운 방에서 끝나지 않을 문장을 시작했다. 죽은 개에게 설탕을 주며 밤의 끝 악보를 적었다. 마지막 남은 얼음을 비단 주머니에 싸며 끝없이 영원을 생각한다. 검은 장화를 꺼내 신으며 검은 이야기와 검은 이야기와 검은 이야기를 끝까지 지우고 싶었다. 공원에서 회문을 지으며 끝내 울음을 터뜨렸다. 끝이 보이지 않는 강바닥으로 가라앉는 피아노를 보고 있었다. 북쪽의 끝으로 달려가는 늑대 떼를 그렸다. 세상의 끝에서 반복하며 시를 썼다. 하얀 파도의 방에서 햇빛의 끝으로 들어가고 있었다.

햇빛

너에게 개미를 말했다. 마트료시카를 말했다. 고래를 말했다. 그것은 좋았다. 그것엔 대부분 울거나 웃을 수 있었다. 너는 내 손을 잡고 끝없는 길을 끝없이 걸어갔다. 언덕이 반복되는 들판을 그리며 늘어나는 복도를 바라보며. 너는 나에게 너의 숲을 주고 싶어 했다. 조금도 두렵지 않은 완전한 숲을. 우리는 끝이 없었다. 끝을 알 수 없었다. 이제 곧 모든 게 끝날 거라는 생각을 할 수 없었다. 왠지 아무것도 알 수 없었다. 일요일을 말했다. 푸른꽃을 말했다. 일렁이는 흰빛을 따라가며 불타는 숲으로 들어가며. 너는 내 손을 잡고 끝없는 길을 끝없이 걸어갔다. 우리는 끝이 없었다. 오직 그것만 알았다. 아무리 해도 그것만 알았다. 저녁이 되면 색색의 알약을 버린다. 10월에는 체리블로섬을 바르고 너를 만나러 간다.

|해설|

말하고도 남는 것들을 말하는 몇 가지 방식

김나영

1. 계속하기

그녀의 이야기는 쉼이 없었다. 이야기하는 그녀에게 이야기의 중단은 죽음과 같았다. 다시 말해 그녀에게 '이야기하기'는 곧 삶이었다. 그녀는 살아가는 일에 동원되는 무수한 경우의 수를 지워버리고, 오로지 이야기함으로써 자기의 고유한 삶을 보통의 삶으로 겨우 건져 올린다. 대화도 아니고 독백도 아닌, 듣는 이의 면전에서조차 듣는 이를 잊어버리고, 오직 자기의 이야기를 상대로 삼아서 대화를 나누는 것처럼 보이는 그녀의 이상한 이야기 방식은 그렇게 하나의 고유함을 획득한다. 오로지 이야기하기에만 몰두하는 그녀가 스스로 지워버린 화자 이외의 자기정체성은, 동시에 바로 그 이야기하기를 통해 새롭게 만들어진다. 의외의 목소리와 성격이 발생하고 기억과 망각이 교차하며 한편의 이야기를 직조해내는데, 그 짜임은 또한 자신의 이야기하기로써 만들어지는 그녀의 시간이기도 하다. 그리하여 끝내, 쉬지 않고 이야기하기라는 특별한 시간의 강물에 투신한 듯 보였던 그녀의 육체마저 그녀의 이야기가 건져 올린다. 그녀는 이야기하기로써 자신뿐만 아니라 죽음을 목전에 두고 있던 수많은 사람의 목숨을 구했다. 이것은 우리에게 『천일야화』로 알려진 셰에라자드에 대한 이야기다.

그녀의 이야기를 조금 더 해보자. 그녀는 자기를 포함해 죄 없는 여인들에 대해 맹목적인 살의를 갖고 있던 왕에게 이야기를 들려준다. 하지만 그녀의 이야기는 다른 이의 삶을 귀하게 여겨야 한다는 식의 설득과 부탁이 아니었다. 그녀는 목전의 죽음 앞에서 흥미로운 인물과 사건으로 만들어낸 다양한 삶의 면모를 이야기하기 시작한다. 그것은 왕에게 수많은 사람들 낱낱의 삶이 갖는 절절한 생의 의지나 그 삶들이 교차하고 접촉하는 지점의 갈등에 관심을 기울이도록 유도했다. 그녀는 왕에게 저마다의 삶이 불의와 비참과 고독을 견뎌내는 나름의 이유와 방식을 일러주었다. 그렇게 그녀의 이야기는 서서히 왕을 변화시켰을 것이다. 그렇지 않았다면 천일 동안의 이야기는 세상에 존재하지 못했을지도 모른다. 그러니 이렇게 생각해볼 수도 있겠다. 아마도 사람에게 배신당하고 상처 입은 자의 자존감을 회복시켜주는 길이 이야기 속에 있다는 믿음, 더불어 이야기를 들려주는 일에 있을지도 모른다는 의심이 이야기보다 먼저 그녀에게 있었을 것이다. 때문에 그녀는 '들려주는 자'의 자리와 '듣는 자'의 자리가 다르지 않고, 두 개의 자리가 서로 뒤바뀌기도 하고, 그 자리 자체가 아예 없어지기도 하는 기묘한 시공인 이야기를 상처받은 왕에게 대항하는 하나의 방책으로 삼기로 했을지도 모른다. 이야기는 최면처럼 듣는 자와 하는 자의 시간을 뒤섞으며 매혹하는 주문이기도 하다는 것을 그녀는 알고 있었을 것이다. 처음에 왕은 그녀에게 이왕 시작한 이야기를 계속하라고 명령했다. 이야기로 지새운 천 일의 시간이 흘렀다. 그뿐인데 왕은 처형도 이야기 듣기도 그만두기로 결심하게 된다. 그의 말(명령)이 보여준 변화야말로 이야기가 발휘하는 이상한 매혹으로밖에는 짐작할 수 없는 사건이다.

왕이 그녀의 이야기에 매혹되었을 것이라는 가정은 무엇보다 그녀의 이야기 자체가 흥미로웠을 것이라는 동어반복적인 추측에 기반한다. 그럼에도 이 가정을 포기할 수 없는 이유는 왕의 흥미 말고도 남는 것이 있기 때문이다. 천 일 후에 그녀에게 이야기를 그만두고 돌아가 예전처럼 살아도 된다고 허락한 왕의 태도야말로 그 남는 부분으로서 해명되어야 한다. 아마도 왕은 이야기가 어떤 명령과 복종의 관계를 역전시키는 힘을 갖고 있다는 것을 이야기를 듣던 중 어느 순간, 불현듯 체감했을 것이다. 그녀의 이야기에 점점 빠져들수록 화자의 삶에 자신이 종속된다는 것을, 명령하기 위해 아래에서부터의 말들을 단순히 수집하는 왕의 정체성과 사방에 포진된 작은 이야기들을 빠짐없이 경청하려는 자의 태도가 공존할 수 없다는 것을 말이다. 타인의 삶에 다른 이의 명령이 개입할 수 없다는 것은 이야기가 갖고 있는 특유의 매혹이다. 이야기하기라는 하나의 상황에서 듣는 사람과 들려주는 사람의 구분이 없어지고 사람과 사람 사이의 위계나 경계마저 사라지는 떨림을 체험하게 되었을 때, 왕은 마지막 명령으로 그녀에게 이야기를 중단하라 할 수밖에 없었을 것이다.

박지혜의 시를 읽고, 셰에라자드의 이야기를 떠올리는 것은 자연스럽다. 오래도록 쉬지 않고 말을 이어나갔던 그녀가 박지혜 시의 화자와 닮아 있기 때문이다. 셰에라자드의 이야기하기와 박지혜 시 화자의 말하기는 공통적으로, 처음에는 화자의 의도나 의지에서 시작되지만 나중에는 화자의 말하기를 주도하며 계속되는 이야기다. 또 하나 닮은 점은 두 경우 모두 생의 지속이 이야기의 계속으로 대체될 수도 있다는 데에 있다. 마지막으로, 이야기를 계속하는 일과 지속되는 삶을 매개하는 일이 그 둘 모두에게 어떤 불안이었다는 점에서 비슷하다. 사랑하는 자에게 버림받는 충격을 다시 겪을지도 모른다는 왕의 불안은 그 왕국 안에 사는 여인들에게 전가되고, 그녀는 언제 죽임을 당할지 모른다는 그 불안에 맞서 자진해서 이야기를 시작한다. 그렇듯이 이야기하기에 깃든 불안은 처음에는 듣는 이와 들려주는 이 각자의 것이었더라도, 이야기를 통해 공유할 만한 하나의 불안이 되기도 한다. 박지혜 시의 화자가 들려주는 이야기도 마찬가지다. 그 이야기에 내장된 불안의 정체를 정확히 알 수는 없지만, 시를 읽다 보면 망각하려고 애썼던 내 안의 불안이 불현듯 불거져 나와 그녀의 시와 한 몸을 이루기도 하는 것이다.

어떤 작가는 인생을 '하나의 불안을 다른 불안으로, 하나의 욕망을 다른 욕망으로 대체하는 과정'으로 보기도 했거니와, 불안에 관해서라면 어쩌면 세상에서 가장 긴, 끝없는 이야기를 할 수도 있을 것만 같다. 과연 그렇지 않겠는가. 지금 쓰인 이 글자 위에서 만나는 것은 검은 잉크와 당신의 시선이겠지만 동시에, 쓰는 자와 읽는 자의 불안이기도 할 것이다. 꿈이든 욕망이든, 인간의 삶에서 간단히 해소되지 않는 것들은 모두 불안을 만들어낸다. 이 불안의 생리는 자주 말의 지시 불가능성에 빗대어지기도 했다. 알다시피 표현과 의미가 만나지 못하고 끊임없이 미끄러지며 만들어내는 무한한 해석의 장은 곧, 의도를 정확하게 전달할 수 없는 말의 한계에서 발생하는 불안감의 영역이기도 하다. 문학은, 그중에서도 시는 바로 그 영역에 가장 가까운 장르가 아닐까. 시는 지시하는 말과 그 말이 불러오는 대상의 관계를 가장 헐겁게 유지한다. 이로써 시가 유일하게 의도하는 것은 구절과 구절 사이에 마련된 행간이라는 여백을 통해 그 헐거운 관계를 확인시켜주는 일일 것이다. 말하자면 시는 말의 정확함 대신에 정직함을 보존하려는 말이다. 하나의 손가락이 하나의 대상만을 가리킨다고 간주해야만 하는 정확함을 포기하고, 손가락과 대상을 아우를 만한 무지(無知)의 상황에 놓아두는 정직함을 갖추려는 것이 시의 태도가 아닐까. 많은 시가 화자의 혼잣말처럼 읽히는 이유가 이와 무관하지 않다. 한 문장과 다음 문장이 서로를 수정하고 보완하며 누적되는 대화의 상황에서 화자와 청자가 서로 다른 존재로 구별되는 조건이 보편적인 경우라면, 화자와 청자의 역할을 독자(獨自)가 떠맡아 하는 방식으로 문장과 문장이 이어지는 시의 경우는 특수하다. 시의 화자는 자신의 말을 듣고 그 말에 대답하면서 스스로 자기 말의 불충분함을 폭로하는 이야기를 한다. 이 폭로의 말하기는 앞서 말했던 그 불안에 기인한다. 이 말로도 충분하지 않다는 불안, 불안해서 계속 말해야만 한다는 폭로, 그 운명적인 아이러니가 시인으로 하여금 잠들지 않고, 계속 깨어 말하게 한다.

2. 지워지기

말하기를 계속하기 위해서, 박지혜의 시가 꾸준하게 시도하는 것은 특별해 보이는 장소를 언급하여 그쪽으로 관심을 모으는 일이다. 실제 명칭이기도 하고 가상의 공간이기도 한 그 지명들은 화자들이 이야기하는 핵심이 자리하는 곳처럼 보인다. 다시 말해 박지혜의 시에 제시되는 특정한 장소는 시의 자리가 어디인가에 관한 시인의 고민이 향하는 곳이다. 시 속에서 말하는 '나'는 시를 읽는 자, 혹은 나의 이야기를 듣는 자와는 다른 장소에 있거나 다른 장소를 생각한다는 점에 주목해볼 필요가 있다. 화자는 왜 그곳에 있는가, 어째서 그곳을 떠올리고 그곳에 대한 이야기를 하려 하는가. 지금 여기에는 무심해 보이는, 평범한 일상과는 무관해 보이는 이국의 낯선 지명들이 박지혜의 시 세계를 이루는 중요한 요소가 되는 이유는 무엇일까. 어떤 시에는 이런 진술이 있다.

> 그것을 숲이라 부르겠다 숲이라 부르는 것이 마음에 들진 않지만 이제부터 그것은 숲이 된다 그것을 초록 고아의 모래성 혹은 일요일이라고 부르는 그녀에게 숲이라고 부르기로 한 숲을 보여주고 싶었다 입구는 닫혔거나 보이

지 않는다 보이는 것이 전부는 아니다라는 말은 놀란 토
끼가 책상을 끌고 간다 혹은 벌거벗은 입술이 움직인다라
는 말처럼 놀랍다

—「황금선인장」 부분

여기에서는 "놀란 토끼가 책상을 끌고 간다"는 문장이 하나의 "말"이 된다. 이 하나의 말을 보고 우리는 습관적으로 문법이나 의미상의 어색함을 생각한다. 토끼가 책상을 끌고 가다니, 놀란 건 토끼가 아니라 그것을 바라보는 사람이지 않을까 하는 일상적인 판단의 지점에서 저 말은 책상을 끌고 점차 사라진다. 이 시를 읽으며, 아니 이처럼 일부분의 구절을 바라보면서도 말이 누군가에게 전해지는 그 한순간에 우리는 얼마나 유연하기가 어려운지, 습관적으로 오독하고 오해하기 쉬운지를 체험한다. 저 말은 "벌거벗은 입술이 움직인다"는 또 다른 말과 같이 움직이며, 문법과 정확한 의미에 익숙한 우리의 눈과 판단을 교란한다. 게다가 "보이는 것이 전부는 아니라는 말"까지 말들이 움직이는 장 위에 등장하면, 저 말들의 움직임을 어떤 식으로든 해석했던 우리의 의식은 다시 깊은 고민에 빠지게 된다. 화자는 저렇게 세 개의 말을 움직여서, 우리의 시선과 의식 위에 노출시켜서 '보이지 않는' 나머지 부분에 놓인 말들을 고민의 대상으로 우리에게 넘겨주는 것이다.

그 일은 이미 있던, 누구에게나 익숙한 장소를 전에 없던 낯선 곳으로 만들려는 시도에서 시작된다. 화자 자신에게도 안정과 편안을 줄 만한 장소를 불안과 불편이 불가피할 곳으로 재구성하는 노력은 무엇보다도 바로 그것 내지는 그곳을 누군가에게 "보여주고 싶었다"는 사소한 바람에서 비롯한다. 놀랍고 생소한 것은 그다음의 과정이다. 대개 누군가에게 무언가를 보여주고 싶다는 욕구는 보는 이가 그것을 보고 놀랄 것이라는 예상이 기대되기에 생겨난다. 말하자면 그것은 그것을 보게 될 누군가의 평안한 의식 위에 떠올라 있는 생각의 수준을 초과하거나 미달하는 지점에, 혹은 의식의 평안함을 깨뜨리고 훼손하는 방식으로써 등장할 수밖에 없다고 화자는 짐작하고 있다. 그러니 화자가 일반적인 생각, 상식 수준의 사건을 넘어서는 행위나 대상으로서의 '보여줌'을 기획하고 진행하기를 이 시를 읽는 우리는 기대하게 된다. 하지만 놀라운 것은 과연 그것 혹은 그곳을 비껴간다. 화자가 제시하는 상상의 지점은 그것을 보고 놀라워해야 할 그녀의 것보다 일견 단순하고 평범하다. 화자는 숲이라고 부르기로 한 그것을 그녀에게 보여주려 하고, 그녀가 그것을 "초록 고아의 모래성 혹은 일요일"이라고 부른다는 것을 벌써 알고 있는 우리는 왠지 실망하게 된다.

하지만 그것을 숲이라는 이름으로 그녀에게 소개하

려는 화자의 태도를 좀더 주의 깊게 볼 필요가 있다. 실상 여기서 "그것을 숲이라 부르겠다"는 화자의 선언 이전과 이후에도 그것에 대한 정보는 더 이상 우리에게 주어지지 않는다. 단정할 수 있는 것은 오로지, 그것을 숲이라고 부르기로 하고, 숲을 보여주고 싶어 하는 화자의 의지와 바람이다. 더 이상 그것이 풀과 나무의 운집을 가리키는, 평범한 인지 체계에 실재하는 그 숲인지 아닌지는 중요하지 않다. '보이는 것이 전부는 아니다'라는 말이 뛰노는 그곳이 놀라운 이유는 그곳이라는 말이 열어놓은 미지의 장소를 우리가 이미 보아서 알고 있는 의미들로 채워 넣고 있었기 때문이다. 화자가 이야기하는 곳에 우리가 가보았고 불러보았던 장소의 이미지와 이름을 결부시켜서, 그곳이라는 새로운 곳의 생소함을 우리에게 익숙한 감각으로 교체하고 있었다는 말이다. 아마도 그곳은 볼 수 없고 알 수 없는 것이 주는 불안과 불편을 해소하려는 우리의 무심결까지도 수렴할 만한 미지(未地)인 듯하다.

숲처럼 보이지만 숲이 아닐 수도 있고, 숲인데 숲처럼 보이지 않을 수도 있는 그런 곳. 혹은 숲이라고 불러서는 아무것도 설명할 수 없는 상상의 공간을 화자는 숲이라 부른다. 왜냐하면 화자는 그녀에게 '숲이라고 말하기로 한 그곳'을 보여주고 싶기 때문이다. "그것을 숲이라고 부르는 것이 특별한 의미가 있는 건 아니었지만 숲으로 들어가는 일은 그녀를 완성해가는 듯 보였다"는 진술이 그다음에 이어진다. 이로써 이름은 그 자체보다도 그 이름을 말하는 일에서 고유함이 발생한다는 생각과 함께, 고유한 이야기란 무엇에 대한 호명을 알아듣는 상대가 있어야만 완성될 수 있다는 화자의 판단을 짐작해볼 수 있다. 이 시의 경우라면 어떤 장소를 숲이라고 부르는 일뿐만 아니라 그것을 들어주는 그녀가 있어야만 화자의 고유한 이야기가 완성된다.

한 편의 시로 단정할 수는 없지만, 박지혜 시의 화자가 특별한 장소를 구상하는 이유가 여기에 있을지도 모르겠다. 자신에게서 시작되는 하나의 담화 상황을 완성하기 위해서, 아무리 단순하고 평범한 이름이라 할지라도 그 이름을 반복적으로 이야기를 듣는 상대방에게 소개함으로써 그곳을 자기에게서 열린 공간으로 마련해둔다. 이런 구상은 특별한 시적 상황을 창출한다. 가령 그로써 이 시의 숲은 더 이상 우리가 상상하는 그 숲도, 혹은 우리가 상상할 수 있는 온갖 비유적인 장소도 아닌 곳이 되어버린다. 그로써 그곳은 본 적은 없지만 우리가 기억할 만한 숲이 된다.

내가 알래스카를 생각하니 사람들은 알래스카 얘기밖에 안 해요

내가 갈라파고스 거북을 생각하니 사람들은 적도에 가

야 한대요
고백이 사라진 장소에서 고백을 시작하는 아이가 있어요
하얀 눈동자 쌍둥이 미루라고 말하고 있는데요
미루는 검은 태양을 종일 바라볼 수 있대요
하지만 아무도 내 말을 들어주질 않아요

어리도 나도 쌍둥이 미루도 알고 있는
말없이 약속 없이 갈 수 있는 곳
까닭 없는 혼잣말을 완성하는 곳
그곳으로 들어가는 눈동자를 떼어줄게요
검은 태양으로 들어가는 눈동자쯤은 나도 갖고 있어요
하지만 아무도 내 말을 들으려 하지 않아요

—「쌍둥이 미루 어리 나」 부분

쌍둥이는 미루와 어리이기도 하고, 미루와 어리를 부르며 그 이름들에 쌍둥이라는 호명을 더하는 나와 미루, 혹은 나와 어리이기도 하다. 또 다르게 보면, 쌍둥이인 미루와 어리 중에 하나는 나의 다른 이름일 수도 있다. 주목할 점은 어리도 미루도, 아무도 말을 들어주지 않는다는 나의 호소다. "아무도 내 말을 들어주지 않아요"와 같은 타인의 반응에 대한 표면적인 관찰과 직접적인 반응은 '아무도 내 말을 들으려 하지 않아요'와 같은 타인의 심리에 관한 모호한 추측이기도 하다. 사람들은 나의 생각("말")에 상식적이고 보편적인, 말 그대로 뻔한 이야기만을 되돌려줄 뿐이다("내가 알래스카를 생각하니 사람들은 알래스카 얘기밖에 안 해요"). 하지만 여기서 나의 '생각하기'는 알래스카나 갈라파고스 거북처럼, 극단의 장소와 미지의 이미지를 아우르는 지극히 개별적인 감정의 온도를 드러내는 내밀하고도 예측 불가능한 이야기이기도 하다. 이런 이야기를 고백하는 일은 어쩌면 차가운 객관의 세계에 뜨거운 자신을 투신하는 것처럼 극도의 긴장과 불안을 감수하는 일로도 보인다. 그럼에도 사람들은 나에게서 알래스카와 적도에 이르는 제도화되고 규격화된 이야기만을 듣는다. 알래스카의 희고 차가운 공기와 갈라파고스 거북의 누눅하고 느린 눈동자 사이에 일렁이는 이루 말할 수 없이 다양한 온도와 빛깔은 사람들의 세계에 이야기로 전달되면서 흔적도 없이 지워진다.

그렇게 삭제된 이야기는 어디로 갔을까. 이 의문이 화자가 말하고자 하는 이야기의 핵심에 닿아 있다. 쌍둥이라는 숙명에 닿은 호명이 그렇듯이 나를 지운 이야기는, 검은색이 사라진 눈동자처럼 기묘하고, 모든 빛을 빨아들인 태양처럼 무력하게 존재한다. 이 기묘하고 무력한 이야기의 행방은 "고백이 사라진 장소"라는 말에서 짐작해볼 수 있다. 그곳은 "말없이 약속 없이 갈 수 있는 곳", 그러니까 목적지와 그곳에 대한 좌표와 보상이 있어야만 움직이는 사람들이 이를 수 없는 곳이다. 현실의 보편적인 질서 속에서 망각된 그 지점, "쌍둥이 미루 어리 나"가 하나이기도 하고 여럿이기도 한 자리, 하나의 이름으로 매김할 수 없는 (쌍둥이로서) 상대적이면서도 (미루나 어리나 나로서) 개별적이기도 한 그 특유의 입장에 대해 화자는 이야기해보려고 시도한다.

문제는 아무도 나의 이야기를 들으려 하지 않는다는 엄연한 사실이다. 누구도 그런 이야기가 무슨 소용이냐고 아무짝에도 쓸모없는 것이 아니냐고 반문으로도 응답하지 않는다. 사람들은 그 이야기를 못 들은 척 딴청을 피우는 듯도 하다. 그들은 알래스카와 갈라파고스 제도가 어느 국가에 속하는지, 그곳에 가려면 항공료가 얼마나 드는지 등의 정보처럼 구체적이고 객관적으로 증명이 될 뿐만 아니라, 자신의 실생활에 직접적으로 영향을 미치는지의 정도를 판단할 수 있는 지점에 놓인 말들을 선호한다. 그 말들은 생각이나 감정과는 달리, 말하자면 눈에 보이는 종류의 말이다. 그런데 좀더 생각해보자. 무엇이 듣고 싶고 하고 싶은 말을 나누고 차별하게 하는지를. 누구나 본심이라는 것은 아무에게나 하지 못하는 말, 아무도 들어주지 않을 거라 여기고 손쉽게 꺼내지 못하는 말, 용기와 결심처럼 자신을 전부 걸고서야 겨우 입을 떼게 하는 말로 채워져 있다는 것을 안다. 무엇보다 나를 표현하는 말은 쌍둥이의 이름처럼, 닮았을 뿐 서로 다른 존재를 인정하는 사소한 부름에 숨어 있다. 흔히 넘겨짚기 쉬운, 관심을 기울이지 않으면 들을 수 없는 어떤 지점을 지시하는 말이야말로 화자가 보여주려는 말이다. 또한 그것은 "고백이 사라진 장소"에서 하는 최초이자 최후의 고백이고 "까닭 없는 혼잣말"의 근거가 되는 말이다. 그 말들은 박지혜의 시에서 누군가의 이름이나 특정 장소의 명칭처럼 고유명사뿐만 아니라, 앞서 읽은 시에서 그녀에게 숲을 보여주고 싶어서 숲이라고 부르는 그것처럼 숲이라는 보통명사까지도 포함하는, 이른바 존재의 고유함을 갱신하는 호명의 한 역사를 기록하는 이야기처럼 읽힌다.

3. 무력하게 바라보기

이런 구절이 있다. "기쁨과 고통 속에서 흔들리는 것 말고 무엇을 할 수 있을까요/어쩔 수 없는 일을 한없이 바라보는 일 말고 무엇을 할 수 있을까요/인연이에요 인연 서러운 인연이요"(「R의 드릴」). 이 구절은 박지혜 시의 화자가 세계와 감응하는 방식을 간접적으로나마 보여준다. 이 시는 자신이 말하고자 하는 무언가는 분명하고 확고하게 존재함으로써 "진실한"이라는 수사를 입을 만한 것인데 또한 확실하게 설명할 수 없는 것이기도 하다는 난처하고 당혹스러운 어떤 지점에서부터 시작된다. 이 역설은 단순히 개인에게는 저마다의 진실이 있다는 것을, 그로써 과학적인 사실에 상응할 만한 보편적이고도 통상적인 진실을 발견하고 증명하기란 어렵다는 것을 새삼스레 지시하지 않는다. 인용한 구절에서는 무엇보다도 지독한 고독에 사로잡힌 화자의 감정이 짐작된다. "기쁨"과 "고통"이라는 극단의 감정 사이에서 홀로 흔들리는 일밖에는 아무것도 할 수 없다는 판단과 그런 자신의 처지에 대한 실감을, 또한 그로부터 생겨났을 속수무책의 자괴감까지도 누군가에게 토로하듯 질문의 형식으로 발화하는 화자의 모습에는 희망의 기미나 긍정의 기색이 보이지 않는다. 실망과 체념이 "매일"로 반복되는 시간을 채우고 있다("한 번도 가지 않은 채 매일 가는/어둠에서 어둠까지"). 이런 화자의 말이 떠올리는 것은 닫히고 어두운 장소에 고립된 채로 아무것도 하지 않고 있기를 자처한 듯한 왜소하고도 고집스러운 몸이다. 그리고 그렇기 때문에 단연 눈길을 끄는 것은 저 "인연"이라는 단어다. 워낙에 추상적인 의미를 갖는 말이기 때문이기도 하겠지만, 내밀한 자기 감정조차 제어하기를 포기한 듯한 화자가 타인과의 관계에 대한 맹목적인 믿음을 전제해야만 가능할 저 말을 발화하자, 그 말은 그대로 이야기 전반을 압도한다. 고립된 몸이 내뱉은 인연이라는 말, 그 한 번의 숨결에 박지혜의 시가 하려는 화자와 세계의 관계에 대한 이야기가 모두 들어 있다. 시를 좀더 읽어보자.

> 당신이 문을 열고 이곳에 들어왔을 때
> 암스테르담의 잿빛 하늘이 떠올랐어요
> 알래스카나 아이슬란드도 상관없지만
> 진실한 이야기는 언제나 즐거워 암스테르담이죠
> 암스테르담은 코펜하겐이나 츠가루나 삼척만큼 멀었지만
> 푸른 불빛
> 21-22 사이
>
> —「R의 드릴」 부분

"이곳"은 아마도 화자의 자리, 화자의 심정, 화자의 기쁨과 고통 "사이"일 것이다. 이곳은 엄격한 세계의 구성에서 떨어져 나옴으로써 없는 자신의 자리를 겨우 지시하는 화자의 말이고, 마찬가지로 고정된 말의 세계를 의심하는 이들만이 이곳을 방문할 수가 있다. 그런 가운데 "당신이 문을 열고 이곳에 들어"온다. 과연 그런 게 있을 수 있다면, 개인과 개인의 완벽한 만남의 순간이 이런 장면에 비유될 것도 같다. 이것은 거의 불가능한 이야기처럼 들리기에 기쁘고도 고통스러운 하나의 장면이다. 완전히 개별적이고 독단적인 경험과 감정의 상황에 처해서 자신조차 자기의 기분과 느낌을 형언

하기 어려워하는 자가 있다. 게다가 한순간도 쉬지 않고 변화하기 마련인 기분과 느낌은 그것의 주인으로서도 확인할 수 없는 불가침의 영역을 짐작하게 하지 않던가. 감정과 경험은 누구에게나 고유한 것이지만 설명 가능한 말로 자주 표현된다. 하지만 그 말로도, 슬픔과 고통이라는 말로도 설명할 수 없는 지점이 분명히 존재한다는 것을 우리는 안다. 다른 이의 것뿐만이 아니라, 자신의 감정과 경험마저도, 말하자면 이를 수 없고 화해할 수 없는 세계가 되는 분분한 때가 분명히 있다. 이 시의 화자는 그 "때"를 이야기하려 한다. 암스테르담의 잿빛 하늘이 나의 심상에 막 떠오르는 그 순간을 말이다. 왜 하필이면 암스테르담이었을까. 알래스카나 아이슬란드, 코펜하겐이나 츠가루, 혹은 삼척처럼 하나같이 멀고도 낯선 지명을 두고 말이다. 그 떠오름에는 말할 수 없는 이야기, 말하자면 진실한 사연이 있겠지만, 마땅히 설명할 수가 없다. 진실로 통하는 이야기는 공통의 언어로 번역되지 못한다. 암스테르담이라는 곳에 대한 정보, 암스테르담이라고 발음할 때의 느낌, 앙다물었던 입을 열고 혀를 굴려 순식간에 가볍고 매끄러운 소리를 내고는 다시 단호하게 입을 다물게 되는 이름, 바위처럼 크고 단단하게 세워진 담장의 이미지. 그 모든 요소들이 모두 그 떠오름의 요인이 될 수는 있다고 말할 수 있겠다. 오로지 '나'로서만 존재하는 극도의 고독감, 수시로 뒤바

뀌는 감정의 파고 속에서도 체념한 듯 자신을 내맡길 수 밖에 없는 상태에서, 문득 나를 세계와 접속하게 하는 방문자가 있고 그 순간은 마치 암스테르담의 잿빛 하늘처럼 나에게 근거 없는 예감으로 온다. 그것이 이 시의 화자가 어둠으로만 점철된 시간 가운데에서 "서러운 인연"을 만나는 방식이다. 검은 가운데 잿빛만큼 환한 발견이 또 있을까. 이 인연 덕분에 나는 비로소 "당신"을 상상할 수 있게 된다. 이 만남의 방식은 우연히 당신이라는 세계의 장막이 잠시 들춰지듯 짧은 순간에 나타났다 사라진다. 그러니 화자가 질문으로 답했듯, 누구나 당신을 만나기 위해서 할 수 있는 일이란 한없이 바라보는 일밖에는 없다.

그 막연하고도 서늘한 진실 앞에서도 화자로 하여금 암스테르담 같은 이야기를 늘어놓도록 추동하는 힘은 무엇일까. "진실한 이야기는 언제나 즐거워 암스테르담이죠"라는 화자의 말은 일견 미래를 예견하는 주문처럼 보인다. 이것이 진실해서 즐겁다는 이야기를 계속하는 일 외에는 무심해 보일만큼은 집요하게 반복되는 화자의 이야기는 "R의 드릴" 소리와 겹쳐진다. 기억과 감각을 계속해서 소진하고 새로 장만하거나, 아예 미쳐버리는 일로 삶의 의미를 갱신하는 나에게 R은 유일한 너다. R이 내는 소리, 혹은 너에 대한 나의 감응은 나와 세계가 결속될 수 있도록 나에게 구멍을 내는 말처럼 들려온다. 단단한 벽과 사물에 구멍을 내고 나사를 심어 그 둘을 단단하게 결합하는 역할에 쓰이는 드릴의 시끄럽고 불쾌한 소리는 이런 연유로 나에게는 즐거운 이야기가 된다. 문제는 완벽하게 고독하지 않은 상태에서는 R을 만나기가 어렵다는 것이다. 현실의 잡음들은 나의 완벽한 고독에 방해가 된다. 고독이라는 완벽한 실존의 순간은 실상 세계와 나를 떨어뜨려놓음으로써 이 세계를 낯설게 인식하고 감각하게 하는, 다른 세계를 나에게로 불러들이는 주문의 시간이다. 자신을 방문하는 고독의 순간을 대부분은 애써 회피하기 마련이다. 나에게 집중하고 자신을 마주하는 때는 누구에게나 불편하고 불안한 시간이기 때문이다. 박지혜의 많은 시들이, 고독해 보이는 화자들이 애써 보여주는 장면은 이 불편하고 불안한 일에 자진하는 자의 독단적인 태도다. 나에게 구멍을 뚫는 일, 그렇게 자신의 변화를 주문하고 예비하는 일은 화자가 바라보는 세계의 낯선 지점들을 탐색하고 스스로 떨어져 나온 그 세계의 다른 면모에 적극적으로 결합해보려는 적극적인 충돌과 돌파의 이야기를 구상하게 한다. "21-22 사이"의 문장부호가 말하지 않음으로써 열어두는 다른 의미의 지점들을 파고드는 이야기를 말이다. 그것이 진실이라 불리는 것을 발견하고 설명해주지는 못하더라도, 진실에 가까운 이야기를 들려주고자 하는 화자의 시도를 없던 일로 만들지는 못한다. 그 시도가 이야기하기의 난관을 증명해줄 이야기로서, 누구에게나 자신의 처지와 다른 곳으로 통하게 하는, 상상의 빗장을 건드리는 역할을 한다.

4. 떠다니기

그런데 진실한 이야기라니, 이것만큼 허허로운 바람이 있을까. 이 바람은 말하는 자에게서 듣는 자에게로 난 길에 선명한 빗금을 그릴 뿐이다. 시인이, 화자가, 누군가가 진짜 이야기를 들려주겠다며 말을 꺼내는 순간에 벌써 그 이야기는 삼인칭의 시선으로 객관화된다. 순수하고 결정적인 나의 이야기를 들려주겠다는 바람은 채워지지 않고 계속해서 다른 상대와 다른 시간을 예상하고 예비하는 화자의 반복적인 행동으로 대체된다. 그런데 그 반복은 무엇과 다른 무엇을 구분하는 의미의 견고함을 흔들어, 서로 다른 이들의 생각과 감정이 갖는 단순한 차이를 우리의 의식 위로 띄워 올린다. 또한 그렇게 단순하고 무의미해 보이는 화자의 바람이 각자의 시간 속에 떠다니는 것들을 다시 바라보게도 한다. 말하자면 그 바람은 우리가 떠올리려 힘("상상력")쓰지 않아도 알아서 떠오르는 것들("나도 모르게 나보다 먼저 도착해 있는 감정들")의 동력이다.

어제 나는 밤을 떠나 한없이 떠다녔다

목적 없이 떠다니는 일은 슬펐는데 슬픔을 모른다면 아무것도 알 수 없을 거라는 생각이 들었다. 슬픔은 어떻게 오는 걸까. 나무 위에서 내려오지 않는 소년과 아무도 없는 방파제에서 내려오지 않는 소녀를 상상한다. 어린 시절 어제의 사랑 어제의 이별 허기 그리고 죽음을 닮은 몇 개의 단어들. 나도 모르게 나보다 먼저 도착해 있는 감정들. 오늘은 상상력을 사용하고 싶지 않다고 얼룩을 새기듯 쓴 적이 있다.

나뭇잎 그늘 사이의 햇빛 자리
물 위의 물비늘
폐허가 된 들판에 서 있는 마음으로 너를 바라본다

—「거품섬」 부분

누구나가 겪을 수 있는 이 시적 정황에서 나는 누구나의 경험과 감정과 상상력이 호환되는 이야기에 대한 바람으로 계속 쓴다. 바로 "어제 나는 밤을 떠나 한없이 떠다녔다"는 문장을 말이다. 이 말은 한 문장이지만 여섯 개의 어절로 나뉘고 여덟 개의 단어로 구분되며 열다섯 개의 글자로 쪼개져서 읽힌다. 더 들여다보면, 이한 문장을 이루는 의미와 형식은 열다섯 개의 '나'가 여덟 개의 어제를 갖고 여섯 개의 밤들 사이로 정처 없이 떠다니는 느낌을 떠올리게도 한다. 특히 밤이라는 명사와 한없이라는 부사를 뗏목처럼 엮어놓는 '떠나다'와 '떠다니다'라는 동사의 비슷한 어감은 밤과 한없음을 느낌상 동등한 위치에 두게 한다. 이렇게 특정 시간대의 영역이 그것을 인지하는 나로 인해 물리적으로 한정할 수 없을 만큼 확장된다.

하물며 나는 이 경계 없는 시간을 더욱더 늘여놓으려 한다. "슬픔은 어떻게 오는 걸까" 하는 질문은 목적 없이 떠도는 나의 운동성과 그 가운데 마주치게 되는 슬픔의 예측 불가능한 방향을 겹쳐놓으면서, 나와 슬픔의 처지까지 동등한 위치에 둔다. 나와 밤, 한없음과 슬픔. 그런 존재와 속성이 구별되지 않는 시간 속에 화자가 있다. 이렇게 나는 말하려 하는 그것 자체의 용적이나 그것들 사이의 간격을 헤아릴 수 없는 감정의 자리에 자신을 두어서 나의 '떠나고 떠도는' 시간을 더욱 늘어나도록 한다. 게다가 나무 위의 소년과 방파제 위의 소녀, 어린 시절, 지나간 사랑과 이별, 허기 같은 말들을 늘어놓으면서 그 말들에 붙어 있는 대비되는 이미지들이 구성하는 커다란 세계와 나를 연결하기도 한다. 이런 화자의 말은 마치 영화의 몽타주처럼 분절된 채로 연결되는 방식에 따라 다른 서사를 만들어내는 유동적이고 열린 이야기의 가능성을 떠올리게 한다.

내가 모르는 세계가 있고, 그 무지를 의식하고 무기력을 감각하는 화자가 있다. 화자는 그 세계에 속하기 위해서 그곳의 문법을 억지로 이해하고 수긍하려 하지 않고 오히려 자신의 이야기를 그 속에 기입하려고 한다. 이야기라는 공동의 자리가 세계와 나를 결속할 수 있게 해준다고, 가장 개별적이고 구체적인 시간을 당신이라는 미지의 공간에 전해주는 것은 무엇보다 나의 말이라고, 박지혜 시의 화자는 믿어보려 한다. 이 고독하고 무모한 작업을 자처하는, 일견 자학적으로 보이기도 하는 화자는, 그러나 한없는 시간이나 감정을 가진 자처럼 경계 없이 자유로워 보인다. 진실에 가까이 가려는 존재의 숙명이 그렇지 않을까. 아무도 몰라주지만 계속해서 자신의 말을 반복하고, 그로써 나와 이야기와 세계를 자유자재로 구분하거나 통합할 수 있는 지경에 이르기를 꿈꾸는 존재가 시인이 아닐까. 시인은 계속 말하고, 말하기를 계속하는 자신에 대해서도 말하면서 듣는 자와 말하는 자를 지우는 이야기를 꿈꾼다.

너에게 개미를 말했다. 마트료시카를 말했다. 고래를 말했다. 그것은 좋았다. 그것엔 대부분 울거나 웃을 수 있었다. 너는 내 손을 잡고 끝없는 길을 끝없이 걸어갔다. 언덕이 반복되는 들판을 그리며 늘어나는 복도를 바라보며.

너는 나에게 너의 숲을 주고 싶어 했다. 조금도 두렵지 않은 완전한 숲을. 우리는 끝이 없었다. 끝을 알 수 없었다. 〔……〕 오직 그것만 알았다.

—「햇빛」 부분

질경이가 좋겠다고 했다 투명한 유리병이 더 낫겠다고 했다 하얀 말을 따라가고 싶다고 했다 그냥 노래를 부를까 노래를 부르느니 물로 들어가겠다며 발끝을 바라본다 몽환적이라는 말을 좋아하느냐며 의자에서 일어났다 모든 말에 속고 있다고 했다 차라리 일요일의 햇빛을 생각하겠다고 했다 무심한 지렁이를 생각하겠노라고 했다 가벼움에 대한 얘기를 다시 하고 싶다면서 울먹였다 가볍고 빛나게 떨어지고 있는 고독을 본 적이 있다고 했다 텅 빈 모음만을 발음하는 사람들에 대한 얘기가 잊히지 않는다고 했다 그들은 그들만 사는 섬에서 나오지 않았다

—「시작」 부분

누군가가 묻고 누군가가 대답한다. 물음은 하나인데 대답은 여러 갈래로 뻗어나간다. 이런 물음의 상황에서라면 질문하는 자와 대답하는 자를 구분하는 일은 무의미해 보인다. 무엇부터 말할까 하는 나의 물음은 너의 대답을 바라는 의문이 아니라, 내가 말할 수 있는 모든 것을 말해주겠다는 의지로 발생하기 때문이다. 개미

나 마트료시카나 고래를 말하는 이야기처럼, 나는 끝이 없는 언덕과 복도를 통과하듯이 어떤 방향성을 갖고 다만 시작을 반복하는 이야기를 통해서, 결국 그 모든 이름과 이름이 살고 있는 기억을 지운 공백의 자리에 나를 그려 너에게 보이려 한다. 그렇게 나는 너와 공유하는 하나의 이야기로 우리라는 "완전한" 세계, 혹은 불안이 제거된 안전한 지대를 마련하려 한다. 하지만 너에게 나의 이야기란 대개 근거 모를, 믿을 수 없는, 무의미한 이름들의 나열일 뿐이다.

거듭 나는 햇빛을 포함해서 질경이, 유리병, 하얀 말을 거론하였다. 네가 읽어내기를 기대하는 것은 햇빛과 질경이와 유리병과 하얀 말로 짜낼 수 있는 어떤 의미망의 성긴 이야기다. 그럼에도 나의 말과 너의 이해는 하나의 무늬를 갖는 이야기로 짜일 수 없다. 박지혜 시의 화자는 바로 그 불가능한 이야기에 대해서 말문을 뗀다. 우리가 누군가의 말에서 읽어낼 수 있는 것은 아무것도 없다고 할 만큼, 말하려는 대상에 대한 호명을 포함한 모든 것이 화자의 의도에서 벗어난다는 말이다. 그래서인지 박지혜 시의 많은 구절들은 묻고 답하는 대화에 전제된 논리나 정합성을 일부러 무너뜨리는 방식으로 적힌다. 알다시피 모든 이야기가 그렇게 쓰인다는 것을 보여주려는 듯이, 무슨 이야기를 할까 하고 물으면서 벌써 이야기는 시작되고, 이런저런 대상들의 이름만을 거론하면서도 이야기는 진행될 수 있다는 듯이. 무슨 말을 해야 할지 모른다면 차라리 노래를 하자는 제안, 노래를 부르느니 물로 들어가겠다는 뜬금없는 도발, 그리고 무언가를 다시 이야기하자며 울먹이거나 지나간 이야기를 들먹이는 일은, 그들이라 부를 만한 화자 집단이 각각으로서는 가장 진지하고 강렬한 이야기를 기획하고 있으나 그들이 함께 일구어내는 담화의 장은 몽환적이거나 허구에 불과한 게 아닌가 하는 화자의 의문을 드러내는 일이기도 하다. 그러므로 다시,

5. 시작하기

> 무슨 말부터 시작할까 햇빛부터 시작하는 게 좋겠다고 했다
>
> ―「시작」 부분

이 시집에 첫번째로 수록된 시, 「시작」의 첫 구절로 돌아와보자. 시인의 말을 요약할 수는 없지만 이렇게 바꿔 말해볼 수는 있을 것 같다: 햇빛에 대해서 무슨 말을 할 수 있을까. 그 말은 햇빛을 직접 지시할 수 있을까. 그럴 수 없다면 그 말은 어떻게 시작될 수 있을까. 그것으로 자라나는 것에 대해서, 그것이 통과하고 그것을 굴절

시키는 사물에 의해서, 그 자체로서는 눈부실 뿐인 햇빛의 투명한 물질성을 그것에 빗댈 만한 다른 대상으로 말할 수 있을까. 박지혜의 시집을 펼치자마자 눈을 멀게 하는 햇빛을 바라보듯 마주하게 되는 이 질문은, 곧 이 시집을 관통하는 주제이기도 하다. "무슨 말부터 시작할까" 하는 질문은 대낮의 공원에서 무엇이 햇빛일까를 묻듯 모든 것을 답으로 취할 수 있기에 답이 없는 질문이다. 대답할 수 없는 질문을 앞에 두고 이야기를 시작한 시인은 말 대신 생각과 감정과 발음 같은, 말을 둘러싸고 있으면서 말의 근거가 되지만 말이 없으면 그것이 있는지 없는지 확인하거나 짐작할 수 없는 것들에 집중한다.

그렇게 시는 거듭 다시 시작된다. 박지혜 시의 화자는 작정하고는 말할 수 없는 것에 대해서 말하려고 하면서, 시는 말과 말의 선택과 나열로서 하나의 결정인 동시에 스스로 그 선택과 나열을 지우는 운동 내지는 태도라는 것을 보여준다. 그러니 박지혜 시가 보여주는 것은 감정이라 단정할 수 없는 기분이나 느낌 같은 것, 고정되어 있지 않고 시시때때로 나타났다 사라지는 것에 대해서 말하려는 의지라고 말해서는 부족하다. 박지혜의 시는 그런 의지로부터 생겨났던 무수한 시도가 어떤 지점에서 실패했는지를 기록하려 한다. 그 촘촘한 기록으로써 말할 수 없는 것을 말하려 했던 이전의 시도들이 늘여놓은 말의 궤적을 따라, 혹은 누군가가 늘어놓은 말들이 갖는 탄성에 의해 박지혜의 시는 특별한 긴장을 조성한다. 가령 생소한 이름들을 거명하거나, 맥락을 지우고 두서없는 생각의 결을 가감 없이 적는 일은 고유한 호명의 중첩이 발생시키는 의미를 특별히 이야기화하려는 게 아니라, 그 자체로 어떤 의미가 된다. 말하자면 박지혜 시의 단어와 구절은 의도적으로 의미를 지우기 위해 요청된 사물처럼, 계속해서 말을 나열하는 용도로만 그곳에 놓인 것처럼 보인다. 이전의 작업들에서의 특이한 작명, 발음의 유사성 등을 이용해 특별한 단어나 문장을 적어서 동시에 다른 단어나 문장을 환기하려는 글쓰기, 눈앞의 사물을 단순히 호명하거나 순간적인 감정의 발생과 변화를 그대로 받아 적는 일 등이 우리에게 일종의 충격을 주었다면 박지혜의 시는 그 이후를 "생각"한다. 그 말들 다음에 올 수 있는 말을 고민하고, 그 말들이 불러온 효과들을 보존하면서도 다른 효과를 더할 수 있는 말하기를 고민하는 일이 박지혜 시의 특유한 문체를 만들어낸다. 간결하게 말하면 박지혜 시의 화자가 보기에 벌써 익숙하게 시가 되어버린 말, 일상과 시의 경계를 지우는 이야기 다음에 무슨 말을 더 할 수 있을까 하는 궁리가 그에게는 시와 일상의 차원을 통합하는 일이 된다.

거듭 말하지만, 박지혜 시의 문체는 특히 내용이나 형

식의 측면보다도 그것을 아우르는 태도의 차원에서 읽혀야 한다. 이 태도는 이전에 있었던 것, 기억의 영역으로 넘어가버린 것에 대한 일종의 애도처럼 보인다. 가령 죽은 사람의 이름과 그와 함께 보낸 시간에 관한 일화는 죽음이라는 사건 이후에 발화되면서 추억이라는 상투적인 기억의 방식을 덧입고 상투적인 호명과 이야기가 되기 쉽다. 박지혜 시의 화자는 이 점을 극도로 염려하고 경계한다. 따라서 이 화자가 취하는 애도의 방식은 그 소중한 이름과 사연을 다른 기억으로, 즉 타성(他姓)에 의해 잊히기 전에 자발적으로 망각해버리겠다는 일념에 따른다. 그리하여 화자는 그것을 생각하기를, 또 생각을 의심하고 방해하는 생각에 오염되고 상처 입은 생각까지를 계속해서 받아 적는다. 그 이름과 사연을 모두 호명하고 기록함으로써 망각하기를 기획하는 것은 곧 완벽하게 기억하겠다는 다짐과 태도의 반영이다.

> 오로라 푸른 빙하 일각돌고래 아가미 씨앗 영구동토층 여전히 이름만 생각했다 이것들을 발음하는 일은 마음에 들었다 생각하지 않는 방법에 대한 생각을 멈추지 않았다 점점 다른 세상으로 가고 있는 늙은 남자의 말을 기록해 놓아야 한다고 생각했다 그들은 그들처럼 생각하지 않는 것은 위험하다고 말했다 자지 않았다 꿈을 꾸었다 입술을 빨았다 생각을 없애기 위해서 더 생각해야 한다고 말했다

—「아마」 부분

마침표가 없다. 마침 없이 말하고도 해소되지 않는 불안이 저 말하기 속에 기입되어 있기 때문이다. 말을 반복함으로써 말의 형식을 창조하고 새로운 의미를 환기했던 자들과 이 화자가 공유하는 것은 아마 '말하고도 남는 말'과 같은, 말이라는 단속적인 표현 이후에도 살아남는 말의 형태인 생각이라는 유령이다. 죽음이라는 표징은 누군가의 생을 단숨에 생생한 생각의 영역 바깥으로 추방해버린다. 즉 죽은 이를 생각하는 일은 아무리 생생한 감각을 동원할지라도 추억이나 기억으로 호명될 뿐이다. 때문에 망자를 망자로 치부하고 싶지 않다는 바람, 그의 죽음을 계속해서 생생한 슬픔의 대상으로 간직하고 싶다는 불안은 그에 대해서 말하고도 남는 말을 생각하고 그것까지도 말하려는 태도로 드러난다. 박지혜 시의 화자가 거창하게 말을 시작하겠다고 선언한 다음에 돌연 가장 사소하고 하찮아 보이는 개별적인 말들을 늘어놓는 이유가, 이렇게 하나부터 열까지 모두 말하겠다는 태도에서 비롯한다. 그리고 그 와중에 말의 역사가 드러난다. 대개의 경우 말이 갖는 인력과 척력은 사전적인 의미의 유사성이나 대비와는 무관하게도 개인의 개별적이고 구체적인 경험의 소산이라 할 만한 작은 역사에 기인한다. 때문에 누가 누군가를 생각하는 일은 그들 외의 다른 이에게는 낯선 말들을 통해서만 언표 가능하고, 때문에 그런 생각과 그 생각을 풀어내는 이야기는 세계로부터의 소외감, 이루 말할 수 없는 고독을 동반할 수밖에 없지만, 우리는 그럴 수밖에 없음을 공유함으로써 타자의 시간을 보통명사의 '역사'로 짐작한다. 말을 하면 할수록 누구나 제자리로 거듭 돌아오게 되는 이유가 여기에 있다.

> 죽은 사람이 외롭다고 말하며 다가왔다
> 회전목마와 메리고라운드 중 무엇이 마음에 드는지 물었다
> 이제 우린 동물원에 가야 한다고 대답할 뿐이다
> 동물원에 가는 건 생각이 없어지는 일처럼 불가능할지도 모른다
> 불가능한 것에 대한 생각은 끝없이 이어졌다
> 햇빛심장 햇빛심장 햇빛심장
>
> —「얼룩을 말하는 시간」 부분

반복되고 이어지는 "햇빛심장". 이 의미심장한 조어는 햇빛과 심장을, 다음에는 햇빛과 시작을 떠올리게 한다. 이 시집의 처음에 실린 시의 제목은 「시작」이고 그 시의 처음은 햇빛으로 말을 시작하겠다는 선언이었다. 흥미로운 것은 이 시집의 마지막에 실린 시의 제목

도 「햇빛」이라는 점이다. 이렇게 박지혜의 시집은 한 권이 한 편의 시처럼 구성된다. 시집의 끝에서 "햇빛"이라는 말을 읽으면서 우리는 박지혜 시의 시작을 새로 마주하게 된다. 뿐만 아니라 어떤 시에 쓰인 구절이 다른 시에 똑같이 쓰이기도 하고, 제목이 같은 시도 여러 편이며, 한 시에 쓰인 단어가 다른 시의 제목이 되기도 한다. 회전목마처럼 고정된 축에 매달려 위아래로 움직이며 같은 자리를 맴도는 운동성이야말로 박지혜 시의 화자들이 끊임없이 말하고자 했던, '결정적'으로 나를 이루는 것의 핵심이다. 그것은 기억이나 감정이라는 말로 뭉뚱그려 표현되기도 하고, 불안하다거나 망설여진다거나 무엇을 하고 싶었다는 등의 느낌을 직접 표출하는 방식으로 드러나기도 한다. 문제는 그것만이 나를 지시할 수 있는 말, 그 자체로서 나인 말이고 그 말로써만 나는 나로서 세계와 화해할 수 있을 것이라는 불안이다. 때문에 순간의 감정과 개별적인 기억으로 구성된 나는 계속해서 나의 이야기를 시도한다. 그리고 나는 그것이 불가능한 일이라는 것을 안다. 그 감정과 기억은 받아 적는 동시에 나의 결정적인 감정과 기억에서 멀어지고 지워지기 때문이다. 나의 이야기를 했을 뿐인데 말을 할수록 나의 시간은 늘어나고 확장되어서 나는 희미하고 옅게 아른거리는 햇빛처럼 모호해진다.

햇빛 아래서 막연한 느낌이 커지고
무언가 지나쳐 가고 지나쳐버렸다
마지막 키스처럼
푸른 공기가 떨고 있다
불길하고 아름다운 시간이 끝나지 않을 것처럼 흐른다
그곳에 우리는 있었다

—「겨울 숲」 부분

잠을 자지 않고 꿈을 꾸듯 이어졌을 셰에라자드의 이야기를 다시 떠올려본다. 하나의 이야기는 다른 모든 이야기의 기원이자 예고편이라는 전언은 셰에라자드의 경우에도, 박지혜의 경우에도 들어맞는 듯하다. 일천 밤의 이야기가 모두 끝난 다음에 이야기는 어떻게 되었을까 하는 의문은 박지혜의 시를 통해 수정된다. 이야기가 끝나지 않았던 이유는 "햇빛 아래" 끝나지 않을 것처럼 흐르는 시가 있었기 때문이다. 어째서 이야기는 계속될까, 왜 시는 거듭 쓰일까 하고 묻는다면 그녀는 이렇게 말할지도 모르겠다. 다만 "그곳에 우리는 있었다"고. ▨